Sybille Baecker ist gebürtige Niedersächsin, Nordsee-fan und Wahlschwäbin. Nach Stationen in Münster, Böblingen und Ulm lebt und arbeitet sie heute nahe der Universitätsstadt Tübingen. Durch ihre Krimiserie mit dem Kommissar und Whiskyfreund Andreas Brander wurde sie zur Fachfrau für »Whisky & Crime«. Im vorliegenden Band begibt sie sich in ihren Kurzkrimis auf eine Reise durch die Republik und darüber hinaus ...

www.sybille-baecker.de

Sybille Baecker

Adiós, mein Liebster

mein Liebster

Kurzkrimis

 tredition®

Erstauflage, 2016
© 2016 Sybille Baecker
Alle Rechte vorbehalten.
Covergestaltung: bookcover4everyone by TomJay
- www.tomjay.de
Titelbild (Grafik): shutterstock.com/masher
Umschlagrückseite (Grafik): shutterstock.com/majivecka
Verlag: tredition GmbH, Hamburg
ISBN 978-3-7345-3986-2
Printed in Germany

Für Frank

INHALT

Adiós, mein Liebster

»Wissen Sie, warum es Auftragskiller gibt?« Mein Gegenüber lehnt sich entspannt in seinem Korbsessel zurück und schaut mich abwartend an.

Ich nippe an meinem Weinglas, erwidere seinen Blick und warte darauf, dass er weiterredet.

Seine Mundwinkel heben sich zu einem minimalen Lächeln. »Weil die Sache mit dem Morden nicht so einfach ist. Es gibt die Tat im Affekt aus blinder Wut oder Angst. Vor Gericht wird so etwas meist als Totschlag oder Notwehr geahndet. Aber ein geplanter, eiskalt kalkulierter Mord, das ist eine ganz andere Liga und erfordert mehr als nur ein scharfes Messer, will man nicht den Rest seines Lebens hinter Gittern verbringen. Glauben Sie mir, es ist nicht so einfach, wie sich manch einer denkt.«

Der Mann, der diese Worte sagt, weiß, wovon er spricht, und ich kann nur zustimmend nicken.

Genüsslich zieht er an seiner Zigarette, um danach den blauen Dunst in den nächtlichen Himmel zu hauchen.

Eigentlich mag ich Raucher nicht, aber bei ihm gefällt es mir, genauso, wie seine dunklen Augen, mit denen er mich mustert. Ein kühler, überlegener, aber nicht überheblicher Blick. Er strahlt Selbstbewusstsein, Zielstrebigkeit und Zuverlässigkeit aus. Genau so einen Mann habe ich gesucht.

Ich sehe den Qualm aus seinem Mund steigen, atme tief durch und ertappe mich bei dem Wunsch, diesen Mann zu küssen. Dabei ist der Kerl nicht unbedingt eine Filmstar-Schönheit. Er ist Ende dreißig, schlecht rasiert und Falten durchziehen sein Gesicht wie Straßen einen Autoatlas. Die Nase war sicherlich schon mehr als einmal gebrochen. Es ist wohl seine Ausstrahlung. Vielleicht sind es auch meine Hormone. Wann war ich das letzte Mal mit einem Mann zusammen? Zwischen Leander – so heißt mein Mann – und mir läuft schon seit einiger Zeit nichts mehr.

Mein Gegenüber lächelt, als könnte er meine Gedanken lesen, und ich erröte wie ein Backfisch.

Leander Weck kam aus Bremen. Ich war sechsundzwanzig, als wir uns begegneten. Er war drei Jahre älter und arbeitete als Berater bei einer renommierten Bank. Er war nett, charmant, wusste mit Frauen umzugehen und sah verdammt gut aus. Meine Freundin warnte mich: »So einen attraktiven Mann hast du nie für dich allein.« Ich heiratete ihn trotzdem.

Drei Monate später bewies mir meine Freundin, wie recht sie mit ihrer Warnung hatte. Seither ist sie nicht mehr meine Freundin. Leander gelobte Besserung und ich verzieh ihm.

Allerdings hatte ich seine Worte wohl falsch verstanden. Seine Besserung bestand darin, dass er sich seine Betthäschen nicht mehr in meiner Altersklasse suchte, sondern jüngeren, knackigeren Mädchen den Hof machte. Verliebt, wie ich in jenen Tagen war, versuchte ich, mich mit der Situation zu arrangieren, indem ich seine außerehelichen Bekanntschaften ignorierte, und eine Zeit lang lebten wir zufrieden – ich will nicht behaupten, glücklich – nebeneinander her.

Ich war zweiunddreißig, als mein Vater starb. Er war ein arbeitswütiger Geschäftsmann. Ihm gehörte eine große Fischkonservenfabrik, in der er von morgens früh bis spät in die Nacht ackerte. Er wurde nur fünfundsechzig Jahre alt. Ich verkaufte das Unternehmen zu einem guten Preis, sicherte meiner zuckerkranken Mutter einen Platz in einer erstklassigen Seniorenresidenz in Wilhelmshaven und kaufte ein herrliches Haus hinterm dritten Deich zwischen Carolinensiel und Bensersiel. Ein großes Haus mit hellen Räumen und einem Reetdach, wie ich es mir immer gewünscht hatte. Ich liebte es, an der Küste zu leben. Liebte den Wind, den Regen, die Schafe auf den Deichen, die Fischkutter im Hafen, den Strand und das Wattenmeer.

Leander liebte das alles nicht. Ihm war es zu einsam, zu ländlich, zu bieder, zu alt. Er wollte in der Stadt leben, wie wir es bisher getan hatten. Kurz dachte ich an Scheidung. Da wir aber zu Beginn unserer Ehe keinen Ehevertrag aufgesetzt hatten und ich nun wesentlich vermögender war als mein Gatte, hätte ich ihm einen Teil meines Erbes abgeben müssen. Und das wollte ich nicht. Außerdem ... was soll ich sagen? Ich liebte Leander.

So vergaß ich die Gedanken an Scheidung und ließ mich auf den Kompromiss einer kleinen Bremer Stadtwohnung ein. Wir führten eine Wochenendbeziehung, die unsere Ehe unerwartet zu beleben schien. Leander kam an den Wochenenden nach Carolinensiel. Wir machten Spaziergänge entlang der Deiche, liefen ins Watt, dösten im Strandkorb und verbrachten zärtliche Nächte miteinander. Er war charmant und liebevoll, und ich wagte schon zu hoffen, dass die Zeiten seiner außerehelichen Beziehungen vorbei seien, dass er sich lediglich die Hörner hatte abstoßen müssen und nun endlich den wahren Wert unserer Ehe erkannt hatte.

Nun, das hatte er auch. Nur nicht so, wie ich es mir erhofft hatte.

Es war im Sommer vor einem Jahr. Ich hatte den vierunddreißigsten Frühling erlebt und fuhr guter Dinge nach Bremen, um Leander in seiner Stadtwohnung zu besuchen. Wir waren abends zu einem Geschäftsessen eingeladen, und er hatte mich gebeten, ihn zu begleiten. So sehr ich das ländliche Leben an der Küste liebte, freute ich mich auch immer auf die Ausflüge in die Stadt, die ich oft mit einem ausgiebigen Einkaufsbummel verband. An jenem Tag regnete es jedoch ununterbrochen, und ich hatte keine Lust, durch das kühle, feuchte Wetter zu laufen, zumal ich morgens beim Friseur gewesen war und der Regen das Kunstwerk sicherlich zerstört hätte. So fuhr ich direkt zu Leanders Wohnung, um dort auf ihn zu warten.

Es war aufgeräumt, wie immer, wenn ich ihn besuchte. Lediglich in der Küche stand eine leere Tasse auf dem Tisch, daneben lag die Tageszeitung. Nach der langen Autofahrt verspürte ich Lust auf einen Kaffee. Verliebt, wie ich in jenen Tagen war, nahm ich die Frühstückstasse vom Tisch und stellte sie unter den Kaffeevollautomaten. Ich wollte aus seiner Tasse trinken, so würden sich unsere Lippen quasi berühren, dachte ich mit romantisch verklärtem Blick – und blinzelte.

Da war Lippenstift an der Tasse. Eindeutig. Roter Lippenstift. Ich hatte noch nicht von der Tasse getrunken. Außerdem war mein Lippenstift dunkler, eher bronzefarben als Rot. Es gab nur zwei Erklärungen für diesen Lippenstift, und ich war mir nicht sicher, welche der beiden mir besser gefiel: Entweder Leander hatte wieder einmal eine Freundin – oder er war ein Transvestit.

Ich durchsuchte seinen Kleiderschrank: Anzüge, Hemden, Jeans, Pullis, Schlüpfer, Socken. Ich kannte all diese Kleidungsstücke. Keine Frauenkleidung, die ihm gepasst hätte – Leander ist ein sportlicher Typ mit einem breiten Schwimmerkreuz. Nicht einmal ein rosa Herrenhemd besaß er. Die wenigen Kleider, die ich bei ihm deponiert hatte, passten ihm nicht.

Also wieder einmal eine andere Frau. Mir wurde schwindelig vor Wut. Ich setzte mich auf das Bett, atmete tief durch, starrte auf meine Fußspitzen. Mein Blick wanderte entlang der flauschigen Bettumran-

dung bis zu seinem Schrank vor mir. Ein mannsho-
her Spiegel war in die Tür eingearbeitet. Ich sah mich
auf dem Bett sitzen: vierunddreißig Jahre, nicht mehr
so knackig wie eine Zwanzigjährige, aber auch nicht
unattraktiv, gepflegt, humorvoll und dazu noch ver-
mögend.

»Sieben Jahre Ehe, sieben Jahre Betrug«, flüsterte
ich mir mit leichenbitterer Miene zu. Wie lang wollte
ich das noch mitmachen? Ich konnte mir nicht mehr
in die Augen sehen, senkte den Blick. Die Tagesde-
cke war hochgerutscht und etwas Grünes war zwischen meinen Fersen zu sehen. Ich beugte mich vor
und schaute unter das Bett. Da lag eine Box, etwas
größer als ein DIN-A4 Ordner. Ich zog sie hervor und
öffnete den Deckel. In der Box waren verschiedene
Dokumente und Kontoauszüge. Ich blätterte mehr
aus Frust als aus Neugier durch die Zettel, und es
dauerte eine Weile, bis ich den Zusammenhang der
Dokumente und der Auszüge verstand. Es war ein
Konto, auf das er monatlich Geld von meinem Konto
transferierte. Das fremde Konto war dennoch hoff-
nungslos überzogen. Dazu fand ich Schuldscheine
zu horrenden Zinsen. Und als Krönung einen Antrag
für eine Hypothek auf mein Haus! Mein Haus, das
so sicher hinterm dritten Deich zwischen Carolinensiel und Bensersiel lag. Lediglich meine Unterschrift
fehlte.

»Ich kümmere mich um die Finanzen«, hörte ich
Leanders schmeichelnde Stimme in meinen Ohren.
»Ich bin doch der Fachmann.« Dabei hatte er mich ge-

winnend angelacht und zärtlich meine Fingerspitzen geküsst, war mit seinen Lippen meinen Arm hinauf gewandert, bis zu meinem Hals. Allein der Gedanke an seine Liebkosungen erregte mich trotz all der Wut, die in mir brodelte.

»Verfluchter Scheißkerl!«, schrie ich ärgerlich und hätte fast die Kiste auf den Boden geschmissen. Ich bremste mich, legte den Deckel wieder auf die Box und schob sie zurück unter das Bett. Dann sank ich rücklings auf das Federbett nieder und schloss die Augen. Tausend Gedanken stoben durch meinen Kopf. Nicht nur, dass er mich mit anderen Frauen betrog, nein, das reichte ihm nicht, er verprasste auch mein Geld für was auch immer. Was waren das für Schulden? Wofür eine Hypothek? Warum räumte er nicht einfach mein Konto leer und verschwand? Warum tat er mir das an? Und warum fiel ich immer wieder auf diesen Kerl herein? Ich fühlte mich erniedrigt, gedemütigt und zutiefst verletzt.

Ich musste eingeschlafen sein, denn ich erwachte, als jemand das Schlafzimmer betrat.

»Was für ein reizender Anblick«, hörte ich Leanders Stimme. Er beugte sich zu mir, um mich zu küssen.

Lügner! Heuchler!, schoss es mir durch den Kopf. Ich drehte mein Gesicht zur Seite, sodass seine Lippen nur meine Wange berührten.

»Nanu? Schlecht geschlafen?«, fragte er mit leichtem Spott in der Stimme, nicht bissig, eher zärtlich, verlockend. Er begann, an meinem Ohrläppchen zu knabbern. Der Duft seines Aftershaves kroch mir in die Nase. Er roch so gut. Ich spürte, wie eine heiße Welle meinen Körper durchfluten wollte, und drückte ihn ein Stück von mir.

»Nicht jetzt. Wir sind zum Essen eingeladen.«

»Erst in einer Stunde.«

Sein Atem kitzelte in meinem Nacken, während seine Hand meinen Körper sanft streichelte. Er konnte so ungemein zärtlich sein, und er wusste, was mir gefiel. Ich verdrängte all die schlechten Gedanken und gab mich seinen Verführungskünsten hin. Schließlich hatte ich ja anscheinend in all den Jahren reichlich dafür bezahlt.

»Du hast deinen Kaffee gar nicht ausgetrunken«, stellte er später fest, als wir in die Küche gingen.

War ich gerade noch völlig entspannt und auf dem besten Wege, alles als einen bösen Traum zu verdrängen, kehrte die Erinnerung in der Küche schlagartig mit voller Wucht zurück.

»Ich war plötzlich müde«, erklärte ich schnell, nahm die Tasse vom Tisch, goss den kalten Kaffee in den Ausguss und stellte sie in die Spülmaschine. Ich wollte nicht, dass er wusste, dass ich es wusste. War meine Demütigung nicht schon groß genug?

Er gab mir einen Klaps auf den Po und verschwand im Badezimmer.

Ich ließ mich am Küchentisch nieder. Er hatte mich wieder rumgekriegt, er würde mich immer wieder rumkriegen. Meine Hände lagen kraftlos in meinem Schoß. Was sollte ich tun? Ihm sagen, dass ich Bescheid wusste? Die Scheidung einreichen?

Niedergeschlagen blätterte ich durch die Zeitung. Auf der Seite mit den Sportergebnissen blieb ich hängen. Einige Ergebnisse waren eingekreist, Zahlen dazu geschrieben. Wieder dauerte es einen Moment, bis es bei mir dämmerte. Es waren nicht nur die Frauen, mit denen er sich vergnügte. Er war ein Spieler! Der Hypothekenantrag. Er würde mein ganzes Geld verspielen! In Sekundenbruchteilen vollzog sich vor meinem inneren Auge ein Drama: Man würde mir mein geliebtes Haus wegnehmen. Ich sah mich im Drogeriemarkt an der Kasse sitzen und Regale auffüllen. Die Haare strähnig, dunkle Ringe unter den Augen, während er auf der Bremer Galopprennbahn meine letzten Cents verspielte. Nun, die Galopprennbahn würde 2018 in Bremen höchstwahrscheinlich dem Städtebau anheim fallen – aber da gab es immer noch die Trabrennbahn in Hooksiel, die Rennbahn in Oldenburg, das Duhner Wattrennen …

Ich musste retten, was zu retten war. Scheidung? Oh, nein! Mein Kampfgeist war erwacht.

In den folgenden Wochen verschaffte ich mir einen Überblick über unsere Finanzen. Es war nicht leicht, da ich alles im blinden Vertrauen meinem Gatten überlassen hatte. Es sah nicht rosig aus. Leander hatte Schulden angehäuft, und von dem Geld aus dem Verkauf der Fischkonservenfabrik meines Vaters war kaum noch etwas übrig. Oh, hätte ich diese Fabrik doch nie verkauft! Ich hätte Leander zu Fischfutter verarbeiten und die Konserven via Container nach Timbuktu verschiffen können! Adiós, mein Liebster!

Unruhig wanderte ich durch mein Haus. Ich wollte es behalten. Aber wie? Ich ging an meinen Aktenschrank und blätterte durch die Papiere: Hausrat-, Kranken-, Unfallversicherung, Kfz-Versicherung, Lebensversicherung, ... Lebensversicherung? Ich überflog den Vertrag. Ja, so könnte ich mein Haus vielleicht retten.

Von der Idee zur Tat war es jedoch noch ein weiter Weg. Zunächst brauchte ich eine unauffällige und möglichst schnelle Methode. Denn jeden Tag, den Leander länger lebte, stieg vermutlich die Summe seiner Schulden. Erschießen schied im Vorhinein aus mehreren Gründen aus:

1. Ich hatte noch nie mit einer Pistole geschossen, geschweige denn, dass ich eine Waffe besaß.
2. Es war laut und würde sicherlich sehr viel Dreck verursachen. Ich sah das Blut und seine – wenn auch vermutlich geringe – Gehirnmasse über Schreibtisch und Wand verteilt kleben, nachdem ich ihm direkt in den Kopf geschossen hatte.
3. Ich war nicht sicher, ob die Versicherung bei Mord zahlen würde. Vielleicht nur die Hälfte der Summe? Und wen sollte ich da um Rat fragen? Meinen zuständigen Sachbearbeiter?

Auch Erstechen schied – trotz durchaus brauchbarer Küchenausstattung – aus den Gründen zwei und drei aus.

Um das Spektrum meiner Mordmethoden zu erweitern, arbeitete ich mich systematisch durch die Kriminalliteratur. Ich las die Krimis mit der gegenwärtigen Prämisse aus einem völlig neuen, ungeahnten Blickwinkel. Schon nach kurzer Zeit verfügte ich über eine große Auswahl verschiedener Mordmethoden.

Vergiften schien mir durchaus im Bereich des Möglichen. Ich konnte zwar nicht in die nächste Apotheke gehen und entsprechend einkaufen, aber das musste ich auch gar nicht. Die Natur bot so vielfältige Möglichkeiten: Pilze, Pflanzen, Fische. Man musste sich nur richtig umsehen.

Ganz so simpel war es aber leider doch nicht, so führen zum Beispiel viele giftige Pilze hierzulande oft nur zu einer mehr oder weniger schlimmen Magenverstimmung. Und ich wollte Leander ja nicht bedauern, sondern begraben.

Ich ging in die Stadtbücherei, um mein Wissen über die heimische Pflanzenwelt aufzubessern. Natürlich lieh ich die Bücher nicht aus, denn es Bestand durchaus die Möglichkeit, dass die Polizei im Falle eines Ablebens meines Mannes Nachforschungen betreiben würde. So verbrachte ich zahllose Nachmittage zwischen verstaubten Regalen, während draußen die Sonne schien und eher zu einem Strandbesuch einlud. Aber meine Mühe war ja für einen guten Zweck.

Inzwischen war es Herbst geworden. Ich durchstreifte einige Wälder auf der Suche nach einer ungesunden Essensbeilage für meinen Liebsten. Es war nicht einfach, das richtige Pflänzchen zu finden, doch eines Tages war mir das Glück hold. In einem kleinen, schattigen Waldstück fand ich ein paar wunderbare Pilze. Mein Herz jubilierte. In Gedanken entwarf ich ein köstliches Menü, mit dem ich Leander am Abend verwöhnen würde: Fischgulasch mit Pilzen und gekochten Kartoffeln, dazu einen leichten Salat und einen vorzüglichen Weißwein. Ich pflückte die Pilze, kaufte frische Pangasiusfilets und Krabben in der Küstenräucherei und fuhr eilig nach Hause. Vergnügt summte ich die Lieder im Radio mit, während ich die delikate Henkersmahlzeit vorbereitete.

Als Leander viel zu spät und reichlich angetrunken nach Hause kam, war meine gute Laune zu einem großen Teil bereits wieder verflogen.

»Schatz, tut mir leid. Hab 'n Kolleg'n mitg'nommen und der hat mich noch auf 'n Glas Bier eingelad'n.«

Ein Glas Bier? So undeutlich, wie er nuschelte, war es mindestens eine halbe Kiste gewesen und eine halbe Flasche Küstennebel dazu.

Leander drückte mir einen feuchten Kuss auf die Wange.

»Ich habe für dich gekocht. Du hättest wenigstens anrufen können«, rügte ich ihn mit vorwurfsvollem Augenaufschlag. Ich wollte nicht zu wütend erscheinen, schließlich sollte er ja noch Appetit auf mein köstliches Menü bekommen.

»Ach, Juliane, ich hab schon g'gessen ...« Er streckte sich, gähnte herzhaft. »Ich bin sooo müde.«

Damit verschwand er im Badezimmer und lag kurze Zeit später schnarchend im Bett.

Weder frische Fisch- noch Pilzgerichte sollte man wieder aufwärmen, das wusste sogar Leander. Das Fischgulasch landete samt Pilzsauce im Müll. Die Kartoffeln könnte ich am nächsten Tag braten. Lediglich die Flasche Weißwein leerte ich an jenem Abend noch frustriert.

Nachdem die Pilzsaison erfolglos verstrichen war und die ersten Adventskerzen am Kranz leuchteten, wurde es kalt. Die Straßen waren oft vereist, und ich überredete Leander das eine und andere Mal, von Bremen nach Carolinensiel zu kommen, in der Hoffnung, dass sich damit mein Problem von allein lösen würde. Dem war leider nicht so. Aber vielleicht konnte ich ein wenig nachhelfen?

Da die Bücherei nur begrenzte Literatur über die Manipulation eines BMW Cabriolets bot, machte ich mich auf den Weg nach Emden, um dort in einem Internetcafé unauffällig Nachforschungen zu betreiben. Seit es diese undurchsichtigen Medienüberwachungsgesetze gab, war ich vorsichtig geworden, was meine Surferei im Internet betraf.

Ich wurde fündig. Schnell wurde mir klar, dass das Anschneiden der Bremsschläuche für einen Laien wie mich eine nicht durchführbare Aktion war. Zu leicht konnte das von einem Fachmann entdeckt werden. Und was hätte ich davon, wenn Leander zwar tot, ich aber im Gefängnis wäre?

Ein Artikel über die nachlässige Arbeit einer Autowerkstatt brachte mich auf eine andere Idee: Reifenmuttern.

Es war kurz vor Weihnachten, es hatte wieder gefroren, und Leander war übers Wochenende bei mir gewesen. Wir hatten recht harmonische Tage miteinander verbracht, die jedoch am späten Sonntagnachmittag durch den Anruf einer nahezu hysterischen Frau, die mir ihren Namen nicht nennen wollte, beendet wurden.

Leander verließ das Zimmer, während er mit ihr telefonierte. Als er zurückkehrte, war er äußerst schlecht gelaunt.

»Ich muss noch heute zurück nach Bremen.«

»Heute? Aber die Straßen sind spiegelglatt ...«

»Es ist wichtig.«

Er wandte sich ab. Kurz darauf hörte ich das Plätschern der Dusche im Bad.

In Windeseile huschte ich in die Garage und lockerte die Schrauben des rechten Vorderrades seines Wagens. Ich kam mächtig ins Schwitzen und musste mich ordentlich anstrengen. Als ich mit geröteten Wangen wieder zurück in die Wohnung kam, stand Leander bereits in Anzug und Jacke in der Diele. Er fragte nicht einmal, wo ich gewesen war, gab mir einen Kuss und stürmte hinaus.

Ich saß im Wohnzimmer und trank ein Glas Rotwein, als ein Auto vor meinem Haus hielt und es kurz darauf klingelte. Es war fast Mitternacht. Ich ahnte, wer vor der Tür stand, straffte die Schultern und schlenderte zur Tür. Innerlich bereitete ich mich auf meine Rolle vor.

Zwei Polizeibeamte standen mir gegenüber.

»Frau Weck, Ihr Mann hatte leider einen Unfall.«

Als ich wieder zu mir kam, lag ich auf meinem Sofa. Einer der Beamten hatte mir fürsorglich ein Kissen unter die Kniekehlen gelegt.

»Es ist nicht so schlimm, Frau Weck. Eine leichte Gehirnerschütterung, ein paar Prellungen, das rechte Bein ist gebrochen. Ihr Mann hatte wirklich Glück.«

Ich wollte sofort wieder in eine Ohnmacht flüchten.

Wenige Tage später lag Leander an der Stelle, an der mich die Polizisten zuvor so nett umsorgt hatten. Er war krankgeschrieben und würde die nächsten Wochen bei mir sein, da er sich mit dem gebrochenen Bein nicht selbst versorgen konnte. Ich brachte ihm das Essen und seine Zeitung ans Sofa, schaltete den Fernseher ein und wieder aus, kaufte seine Lieblingsschokolade und gab ihm jeden Morgen seine Thrombosespritze.

Was machte ich nur falsch? Mein Pilzgericht wollte er nicht essen und die Manipulation an seinem Auto hatte ihn lediglich zu einem kurzzeitigen Pflegefall gemacht. Immerhin gab es zu meinem ersten

Versuch wenigstens diese kleine Steigerung. Aber gab es denn keine schnelle, saubere und vor allem sichere Methode?

Eine Meldung in den Nachrichten, die wir eines Abends gemeinsam sahen, brachte neue Hoffnung: Eine Pflegerin hatte systematisch in einem Altenheim einen pflegebedürftigen Bewohner mit Insulin getötet. Das musste doch auch bei jüngeren Menschen funktionieren.

Meine Mutter freute sich, als ich sie tags darauf in ihrer Seniorenresidenz besuchte. Wir tranken Kaffee, sahen eine Musiksendung im NDR, und als sie zur Toilette ging, stibitzte ich ihr ein paar Insulinspritzen. Ich hatte noch keine Zeit gehabt, nachzulesen, wie viel ich Leander von dem Zeug verabreichen musste, aber wenn er täglich statt einer Thrombosespritze eine Einheit Insulin bekäme, half das sicher schon, seinen Zustand zu verschlechtern.

Am nächsten Morgen wollte ich mein Werk beginnen. Doch wie ich ihn da liegen sah, die Augen geschlossen, das Gesicht entspannt vom Schlaf, fast ein wenig kindlich, überkamen mich Zweifel. Gab es nicht einen Grund dafür, dass meine bisherigen Versuche gescheitert waren? Und seitdem er mit seinem Gipsbein so unbeholfen war, hatten wir da nicht wieder näher zueinandergefunden? Vielleicht gab es eine sinnvolle Erklärung für seine Schulden und für das Geld, das Monat für Monat von meinem Konto verschwand? Und der Lippenstift? Ein One-Night-

Stand. Was kümmerte mich das? Er kam doch immer wieder zu mir zurück. Statt Insulin verabreichte ich ihm fürsorglich seine Thrombosespritze.

Es wurde Frühling. Leander erholte sich, der BMW wurde gegen einen Audi getauscht, und er begann wieder, in Bremen zu arbeiten. Mein schlechtes Gewissen ließ mich besonders liebevoll und nachsichtig mit ihm sein. Bis es eines Tages an meiner Tür klingelte.

Es war ein warmer Abend und ich hatte träumend auf der Terrasse gesessen. Nur mit einem leichten Sommerkleid bekleidet öffnete ich arglos die Tür und sah mich zwei finsteren Gestalten gegenüber. Ich kam mir nackt und schutzlos vor.

Der eine lehnte sich mit einer Hand gegen den Türrahmen und spielte mit einem Klappmesser, während der andere mich sofort an beiden Armen packte und in den Flur zurückstieß. Als ich entsetzt aufschrie, schlug er mir ins Gesicht. Mein Schrei verstummte. Ich starrte ihn mit weit aufgerissenen Augen an. Meine Wange brannte, das Blut in meinen Adern pulsierte und mein Herz raste wie noch nie zuvor in meinem Leben. Der Mann legte einen Finger auf seine Lippen, damit ich schwieg.

»Hör zu, Schätzchen«, flüsterte er und kam mir dabei viel zu nah. »Dein Leander schuldet meinem Boss vierzigtausend Euro, und wenn er die nicht bis nächsten Mittwoch bekommt, sieht es gar nicht gut aus für dich.«

Zur Untermalung seiner Drohung drückte er seine Hand gegen meine Kehle.

»Ich … ich habe keine vierzigtausend Euro«, röchelte ich.

»Nicht mein Problem«, erklärte der Mann ungerührt und ließ mich los. »Sieh zu, dass du die Kohle ranschaffst, sonst …«

Er überließ es meiner Fantasie, was sonst geschehen würde. Ich sackte innerlich zu einem Häufchen Staub zusammen. Die Männer wandten sich zum Gehen. Mittwoch. Das war nicht einmal mehr eine Woche! Ich brauchte Zeit.

»Vier Wochen, geben Sie mir bitte vier Wochen!«, rief ich den Männern verzweifelt hinterher.

Der Mann, der mich bedroht hatte, blieb stehen, drehte sich zu mir und grinste gemein. »Dann sind es vierundvierzigtausend Euro oder …« Er zog die flache Hand an seiner Kehle vorbei.

Zitternd sank ich auf dem Fußboden zusammen. Das war zu viel. Das war einfach zu viel. Vierundvierzigtausend Euro! Wo sollte ich so schnell so viel Geld hernehmen? Ob die Bank mir einen Kredit geben würde? Wenn Leander inzwischen den Hypothekenantrag gestellt hatte, sicher nicht. Leander! Ich hatte es nicht nur geahnt, ich hatte es auch gewusst. Er würde sich nie ändern und nun hatte er mein Leben in Gefahr gebracht.

Vierundvierzigtausend Euro.

Ich hatte keine andere Wahl.

Gleich am nächsten Tag saß ich wieder in einem kleinen unscheinbaren Internetcafé und durchsuchte das World Wide Web. Ich durchstöberte Selbstmordforen, Krimi-Fanseiten, islamistische Diskussionsrunden und tippte in meiner Verzweiflung schließlich »Killer gesucht« in das Fenster einer Suchmaschine ein. Die meisten Ergebnisse waren natürlich nicht brauchbar, aber ein Link erregte meine Aufmerksamkeit: *Killer Rental.*

Es war eine Website, die eindeutig anbot, unliebsame Menschen gegen ein Entgelt aus dem Weg zu räumen. Die Seite war professionell gestaltet. Es gab ein kurzes Firmenportrait, ein FAQ, ein Online-Auftragsformular und verschiedene Paketangebote: Tötung mit Entsorgung der Leiche, Tötung mit letzter Botschaft vom Auftraggeber an das Opfer, Tötung als Unfall getarnt und, und, und.

Ich suchte nach weiteren Informationen über diese dubiose Firma und fand heraus, dass diese Internetseite vom BKA überprüft und als harmlos eingestuft worden war. Eine makabre Spaßseite. Das wäre ja auch wirklich zu einfach gewesen. Aus einer Laune heraus füllte ich trotzdem das Auftragsformular aus.

Wenige Tage später traf ich Vinzenz. Ich kam von einem Abendessen mit Freunden – ein wenig Ablenkung von meinem aufwühlenden Leben. Er saß auf der Terrasse in meinem Garten in einem der Korbsessel und rauchte. Im ersten Augenblick dachte ich erschreckt, es wäre wieder einer dieser Geldeintreiber und wollte schnell die Jalousien herunterziehen, dann entdeckte ich eine Visitenkarte, die vor der Terrassentür lag:

Vinzenz – Killer Rental

Erstaunt und auch ein wenig neugierig öffnete ich die Tür und nahm die Karte. Der Mann hatte Manieren, stand auf, als er mich kommen sah, und reichte mir die Hand.

»Frau Juliane Weck?«

Ich nickte stumm.

»Mein Name ist Vinzenz. Entschuldigen Sie, dass ich Sie so spät noch störe.«

Ich konnte nicht aufhören, zu nicken.

»Geben Sie mir bitte die Karte.«

Ich reichte sie ihm. Ein Feuerzeug flammte auf und er verbrannte das Papier. Dann deutete er auf meine Gartenmöbel.

»Setzen wir uns. Ich würde gern mit Ihnen die Details Ihres Auftrages besprechen.«

Vinzenz war so seriös und vertrauenerweckend, dass ich lächeln musste. »Möchten Sie vielleicht etwas trinken? Eine Tasse Tee? Einen Wein?«

Er nickte ernst. »Ein Glas Wein wäre nett, danke.«

Ich holte Gläser und Rotwein, setzte mich zu ihm und erzählte meine Geschichte. Meine erfolglosen Mordversuche hörte er sich besonders aufmerksam an, runzelte hin und wieder die Stirn und schüttelte nachsichtig den Kopf. Als ich ihm von dem Überfall der beiden Geldeintreiber erzählte, war er ehrlich betroffen. Es tat gut, mit einem Profi über mein Problem zu reden.

»Wissen Sie, warum es Auftragskiller gibt?«, fragte er schließlich und lehnte sich entspannt zurück.

Sie verstehen sicherlich, dass ich weder etwas über Vinzenz, noch über die Organisation oder das plötzliche Ableben meines Mannes sagen kann. Ich kann Ihnen nur sagen, *Killer Rental* arbeitet sauber und diskret.

Die Lebensversicherung zahlte ein halbes Jahr nach Leanders Tod. Zum Glück gewährte mir die Bank einen kurzfristigen Kredit, sodass ich seine Schulden begleichen konnte. Das Geld aus der Lebensversicherung reichte, um den Kredit zu tilgen und mir mein sorgenfreies Leben wieder zurückzubringen. Auch die ausstehende Rechnung der *Killer Rental* konnte ich damit begleichen. Aufgrund meiner prekären Situation hatte man mir ein Zahlungsziel eingeräumt.

Mein Leben ist wieder ruhiger geworden. Ich lese keine Krimis mehr und meide Bibliotheken und Internetcafés. Hin und wieder besucht mich Vinzenz. »Sein ganz persönlicher Service.« Wir trinken Tee, machen lange Strandspaziergänge, genießen Abende mit Rotwein und netten Plaudereien und einmal waren wir auch schon zusammen segeln. Es scheint, als hätten wir eine Menge gemeinsamer Interessen.

Ostfriesische Teezeremonie

Hat Ihnen der Ausflug an die Nordseeküste gefallen?
Wie wäre es jetzt mit einer Tasse Tee? Genießen Sie
doch einmal eine Ostfriesische Teezeremonie.

Sie benötigen:
- Einen guten Ostfriesentee (lose, kein Teebeutel)
- Kluntje (große, weiße Kandisbrocken)
- Sahne
Dazu eine Kanne, ein Stövchen, Tasse(n) und Zeit.

Zubereitung Tee:
Füllen Sie die Teeblätter (1 TL bzw. 2 - 2,5 g pro Tasse)
direkt in die vorgewärmte Teekanne. Übergießen Sie
die Teeblätter mit kochend heißem Wasser, bis sie gut
bedeckt sind. Lassen Sie den Tee, je nach gewünschter
Stärke, drei bis fünf Minuten ziehen. Füllen Sie dann
erst das restliche heiße Wasser für die gewünschte
Anzahl Tassen in die Kanne.

Übrigens: Mit einem Tüllsieb können Sie verhindern,
dass die Teeblätter beim Eingießen in Ihrer Tasse landen.

Den Tee in der Teekanne auf einem Stövchen warm-
halten.

Die Zeremonie:

Legen Sie ein großes Kluntje in Ihre Teetasse. Gießen Sie den Tee langsam über das Kluntje, aber die Tasse nicht randvoll füllen. Das Kluntje ist maximal leicht bedeckt. Wenn es knackt und knistert, war der Tee heiß genug. Nicht umrühren.

Lassen Sie als Nächstes die Sahne mit dem Sahnelöffel am Rand der Tasse langsam in den Tee einlaufen. Die Sahne breitet sich wie ein Wölkchen in der Tasse aus. Auch jetzt wird nicht umgerührt!

Trinken Sie den Tee und schmecken Sie die unterschiedlichen Nuancen: von milder Sahne, angenehmer Bitterkeit des Tees bis hin zur Kluntje-Süße.

Wenn Sie den Tee getrunken haben, ist sicherlich noch etwas von dem Kluntje in Ihrer Tasse. Gießen Sie frischen Tee darüber, Sahne dazu und genießen.

Der Teelöffel:

Der Teelöffel, der neben Ihrer Tasse auf dem Unterteller ruht, dient – wie Sie schon bemerkt haben – nicht dem Umrühren. Zelebrieren Sie eine, zwei oder mehr Tassen in der beschriebenen Art. Wenn Sie keinen Tee mehr möchten, legen Sie den Löffel in die Tasse. Für den Gastgeber ist dies das Zeichen, dass die Zeremonie beendet ist.

Und jetzt geht's kriminell weiter ...

FLASCHENBIER

Ich liebe meine Frau, dass müssen Sie mir glauben. Zehn Jahre sind wir verheiratet. Zehn Jahre sind eine lange Zeit, ganz besonders in der heutigen Zeit, da im Bundesdurchschnitt über vierzig Prozent aller Ehen wieder geschieden werden, viele davon noch vor dem berüchtigten verflixten siebten Jahr! Ja, ich liebe meine Frau. Jedoch manchmal …

Aber Sie kennen das sicher, es gibt Zeiten, da ist es mit der Liebe nicht so einfach. Da gibt es den Alltag, da gibt es finanzielle Probleme, die Kinder machen Ärger – gut, Kinder haben wir keine, die kann ich nicht vorschieben. Aber da gibt es Stress im Beruf, der automatisch den Stress zu Hause nach sich zieht. Da gibt es den verhassten Besuch bei den Schwiegereltern, den vergessenen Hochzeitstag, umherliegende Socken und Haare im Waschbecken. Tja, und manchmal …

Was soll ich sagen? Zehn Jahre und ich liebe meine Frau. Man sollte meinen, nach so vielen Jahren, da kennt man sich. Da weiß man, was der andere mag, was er nicht mag, was ihn aufregt, was ihn erheitert, was ihn traurig stimmt.

Ich weiß, dass Anne – mit vollem Namen heißt sie Annemarie – es nicht mag, wenn ich das Bier aus der Flasche trinke. Wenn ich wütend auf sie bin, dann trinke ich mein Bier nur aus der Flasche.

Und was sie völlig rasend macht, ist, wenn ich ihr nicht zuhöre, aber behaupte, ich hätte jedes Wort verinnerlicht. Dann kann es schon einmal vorkommen, dass sie mich anschreit. Hinterher tut es ihr leid, das sagt sie natürlich nicht, aber ich merke es. Denn nach zehn Jahren, da kennt man sich.

Das dachte ich zumindest und trinke einen großen Schluck aus meiner Bierflasche. Anne ärgert sich nicht, denn sie ist noch nicht zu Hause und sieht es daher leider nicht. Aber schon allein der Gedanke, dass es sie ärgern würde, gibt mir ein Gefühl der Genugtuung.

Und trotzdem, ich liebe meine Frau, verdammt, ich liebe sie. Die süßen Grübchen, die sich auf ihren Wangen bilden, wenn sie lächelt, die kleinen Falten, die sich um ihre Augen legen. Ihre vollen Lippen, am liebsten mag ich sie ungeschminkt. Es ist schön, wenn sie über meine Witze lacht. Das tun nicht viele, aber ihr gefallen meine Späße. In letzter Zeit vielleicht nicht mehr ausnahmslos, da lacht sie nicht mehr ganz so oft und nicht mehr ganz so fröhlich.

Wie soll es nun weitergehen, denke ich und höre, wie sich in der Wohnungstür der Haustürschlüssel dreht. Anne kommt nach Hause. Es ist bereits nach acht. Die Tagesschau habe ich verpasst. In letzter Zeit kommt sie häufig erst spät nach Hause.

Und als ich die ersten Schritte im Flur höre, ist da dieser Gedanke. Nur ganz flüchtig, entfernt, irgendwo in den unendlichen Windungen meines Gehirns, leicht schwimmend auf einer kleinen Wolke des Alkohols, der schon langsam meine Sinne benebelt, treibt er vor sich hin. Ich setze die Öffnung der Bierflasche wieder an meine Lippen, wissend, dass Anne jeden Augenblick in die Küche kommen wird.

Ich habe die Flasche geleert, aber Anne ist noch immer nicht in der Küche. Stattdessen höre ich, wie sie den Wasserhahn im Badezimmer aufdreht.

Aha, denke ich und hole mir noch eine Flasche Bier aus dem Kühlschrank.

Erst als auch deren Inhalt in meinem Magen verschwunden ist, öffnet sie die Küchentür. Es war das letzte Bier. Es wäre sinnlos vorzutäuschen, aus der leeren Flasche zu trinken. Sie würde es sofort durchschauen. Sie ist eine kluge Frau.

Und sie ist wunderschön, denke ich, als sie vor mir steht. Sie hat das dezente Kostüm aus dem Büro bereits gegen einen bequemen Hausanzug getauscht. Tchibo, wollweißer Pannesamt, wie sie mir einmal erklärt hat. Er umschmeichelt ihre schlanke Gestalt. Ich würde sie gern in den Arm nehmen. Aber ihr Blick ist voller Abscheu auf die unzähligen Flaschen gerichtet, die vor mir auf dem Tisch stehen. Früher hat sie mich mit einem Lächeln begrüßt und es gab einen Kuss.

Sie geht an mir vorbei, packt irgendetwas in den Kühlschrank. Dann beginnt sie, ohne ein Wort mit mir zu reden, die Flaschen abzuräumen und in die dafür vorgesehene Kiste zu stellen. Früher hätte ich das getan. Da standen höchstens eine, maximal zwei Flaschen auf dem Tisch. Früher, das war vor vier oder fünf Wochen. Oder hat es schon viel eher aufgehört? Zehn Jahre sind eine lange Zeit, da verliert man manchmal den Überblick.

Sie räumt die Flaschen ab, ihre Augen streifen mich nur flüchtig. Ihr Blick ist nicht freundlich. Ein leichter Triumph stellt sich ein, denn ich spüre, dass sie sich ärgert. Dazu muss sie gar nichts sagen. Was gäbe ich dafür, jetzt noch ein Bier zu trinken. Direkt aus der Flasche, ohne Glas. Nur um sie noch mehr zu provozieren.

Das Triumphgefühl verfliegt wieder, als sie den Raum verlässt. Kein Hallo, keine Frage, wie mein Tag war, nicht ein Wort, sie schimpft nicht einmal. Ach, Anne, denke ich, doch als sie sich noch einmal an der Tür umdreht, nur ein flüchtiger Blick über die Schulter, leise, verachtend, da taucht wieder dieser Gedanke auf. Noch immer nur vage, verschwommen. Sie sollte mich nicht so ansehen, denn eigentlich ist doch alles ihre Schuld. Ich sollte sie ...

Aus dem Wohnzimmer ertönt das muntere Geplapper einer Fernsehsendung. Und ich sitze betrunken in unserer Küche – um neun Uhr abends. Es ist nicht das erste Mal, dass ich um diese Zeit betrunken bin. Aber ich bin kein Trinker, denken Sie das bitte nicht. Ich kann wochen-, ja monatelang ohne einen Tropfen auskommen. Es fehlt mir nichts. Ich treibe Sport, auch wenn man mir das nicht auf den ersten Blick ansieht. Mit neununddreißig sollte ein kleiner Bauchansatz schon erlaubt sein. Aber ich bin kein Trinker. Es sind schwere Zeiten. Zehn Jahre. Ein ratloser Seufzer kommt mir über die Lippen.

Ich sitze noch eine Weile in der Küche, starre auf die leere Tischplatte, der Gedanke kehrt zurück. Noch immer nicht ganz klar und unausgereift, aber er ist da, hat sich festgebissen, wie eine Zecke, hartnäckig, bedrohlich.

Als ich aufstehe, kippt der Stuhl scheppernd nach hinten. Ich kichere leise, waren vielleicht doch ein, zwei Bierchen zu viel. Ob sie den Krach gehört hat? Sicherlich zieht sie gerade missbilligend ihren rechten Mundwinkel nach oben. Ich sage ihr dann immer, dass sie davon Falten bekommt. Ich schwanke ins Wohnzimmer, lasse mich neben Anne auf das Sofa fallen. Sie zieht nur die Augenbrauen hoch.

»Anne«, lalle ich in ihre Haare, lehne mich an ihre kantige Schulter. Sie ist dünn, aber ich mag ihren knochigen, zarten Körper, schnuppere den Duft ihres süßlichen Parfums. Sie reagiert nicht, doch ich merke ihre Anspannung. Kein Wunder, denke ich. Auf dem Tisch steht ein Glas Mineralwasser, eine leere Schale und ein Kerzenständer. Wenn ich den … Ich wische den vernebelten Gedanken von mir, nehme einen zweiten Anlauf.

»Anne, vielleich' könn'n wir morg'n z'sammen einen Ausflug mach'n.« Ich gebe mir Mühe, deutlich zu sprechen. Morgen ist Samstag. Da hat sie frei. Sie schweigt. Vielleicht denkt sie über meinen Vorschlag nach.

»Ja«, sagt sie schließlich und ihre kalte Hand legt sich verlogen in meine.

Warum sage ich es ihr nicht endlich? Ich starre auf den Tisch. Der Kerzenständer ... ein altes Erbstück, Messing, massiv ... Meine freie Hand greift danach und schiebt ihn ein Stück zur Seite, damit er mir nicht länger die Sicht auf den Bildschirm versperrt.

Ich liebe meine Frau und morgen machen wir gemeinsam einen Ausflug.

Als ich erwache, ist Anne längst aufgestanden. Ich habe leichte Kopfschmerzen. Das Bier. Im Bad blickt mir mein ungepflegtes Gesicht entgegen. Ich sollte mich rasieren. Aber zunächst brauche ich einen Kaffee.

Anne hat Frühstück gemacht. Sie war beim Bäcker, frische Brötchen liegen im Korb, es gibt Orangensaft und Rührei. Sie hat ein schlechtes Gewissen, denke ich und fühle mich gleich besser. Ich setze mich schweigend an den Tisch, sie legt das große Brotmesser auf den Korb und da erwacht wieder dieser Gedanke. Wenn ich ...

Ich nehme das Messer, halbiere das Brötchen. Statt des Messers, lege ich das Brötchen wieder zurück in den Korb. Anne schaut mich verwundert an. Ich halte das Messer in der Hand, starre auf die geriffelte Klinge, starre etwas zu lange auf Anne, lege das Messer zurück und nehme das Brötchen.

»Noch nicht ganz wach«, murmle ich.

»Du solltest nicht so viel saufen.«

Sie hat saufen gesagt, nicht trinken. Und hat ihre Stimme nicht leicht gezittert? Sie ist also immer noch verärgert, stelle ich erfreut fest.

»Seit Wochen bist du jeden Abend besoffen. Ich möchte wissen, was mit dir los ist.«

Das ist keine Frage an mich. Eigentlich will sie es gar nicht wissen. Eigentlich will sie nur, dass ich damit aufhöre. Aber den Gefallen werde ich ihr nicht tun. Das heißt, vielleicht heute Abend, aber dann …

Ich brumme etwas Unverständliches vor mich hin, esse mein Brötchen, trinke meinen Kaffee.

»Lass uns an die Elbe fahren«, schlage ich schließlich vor.

»Gut.«

Sie ist nicht begeistert, aber wenigstens sucht sie nicht nach einer fadenscheinigen Ausrede.

Der Gedanke, der sich in meinem Kopf festgesetzt hat, stimmt mich etwas fröhlicher, und dass sie sich über mich ärgert, freut mich ungemein.

Wir fahren mit dem Auto an die Elbe. Auf der Landstraße lenke ich den Wagen fast gegen einen Brückenpfeiler. Annes Aufschrei und beherztes Eingreifen verhindert das Schlimmste. Obwohl, vielleicht wäre es gar nicht … Danach übernimmt sie das Steuer.

Wir stellen das Auto auf einem kleinen Parkplatz ab, spazieren am Ufer entlang. Es ist bewölkt. Dicke, graue Wolken, die viel Regen versprechen, ziehen über unsere Köpfe hinweg. Die Elbe begleitet uns leicht beunruhigt. Kräuselt sich schmutziggrau in ihrem Bett. An sonnigen Tagen kann sie wunderschön aussehen, eine glatte, weiche, blaue Oberfläche, in der sich der Himmel spiegelt. Heute ist sie missgestimmt. Wie Anne. Anne läuft neben mir, die Hände in den Jackentaschen vergraben. Früher sind wir immer Hand in Hand spazieren gegangen. Früher, sinniere ich und schiele zu meiner Frau, die ich liebe. Ich sehe ihr abwesendes Gesicht, ihr Blick geht geradeaus. Sie ist so fern, dass der Schmerz mein Herz zerspringen lässt. Ein kalter Wind weht durch meine Kleidung und ich ziehe den Reißverschluss meiner Jacke höher. Der Gedanke vom Vorabend wird deutlicher, grenzt sich aus dem Nebel ab, nimmt sich Raum, so viel, dass bald nicht mehr viel Platz für anderes ist.

Auf einer Brücke bleibt sie stehen, beugt sich über das Geländer, um auf das Wasser zu sehen. Auch ich starre hinunter. Nur schemenhaft reflektiert der Fluss unsere Umrisse. Es geht vielleicht sechs, sieben Meter in die Tiefe, vermute ich, vielleicht sind es auch zehn Meter. Höhen sind schwerer einzuschätzen, als gerade Strecken. Ich lege meinen Arm um ihre Schultern. Wenn sie jetzt aus dem Gleichgewicht käme …

»Ich liebe dich«, sage ich in ihr Ohr und es hört sich an, wie eine Drohung. Annes Hände klammern sich um das Brückengeländer.

Zwei Radfahrer fahren hinter unseren Rücken an uns vorbei, ein paar Meter entfernt steht eine Frau am Ufer und spielt mit ihrem Hund. Die ersten Regentropfen fallen. Anne löst sich aus meiner Umarmung.

»Lass uns einen Kaffee trinken gehen«, sagt sie und schreitet voraus. Ich gehe zwei Schritte hinter ihr, schaue auf ihren kleinen, süßen Po. Stundenlang könnte ich ihn ansehen, wie er Schritt für Schritt vor mir her wackelt. Wir überqueren eine Straße. Zwei Lastwagen rollen an uns vorbei. Ein Unfall, denke ich. Wie viel bliebe übrig? Nur ein kleiner, unbemerkter Schupps ...

Das Café ist rar besucht. Sie trinkt einen Cappuccino, ich bestelle mir ein Bier. Wieder dieser missbilligende Blick. Es ist noch nicht einmal Nachmittag.

»Wir müssen reden«, sagt sie.

»Ja«, sage ich und schweige.

Während sie ihren Cappuccino trinkt, habe ich zwei Gläser Bier geleert. Geredet haben wir nicht. Auf dem Rückweg bitte ich sie, beim Getränkemarkt zu halten, und kaufe eine Kiste Bier.

Sie kocht. Ich meine, sie kocht wirklich. Ein richtiges Essen mit Fleisch, Gemüse, Kartoffeln. Das hat sie die letzten vierzehn Tage nicht gemacht. Sie bereitet Pilze zu. Es ist Herbst, Pilze-Zeit. Ich esse für mein Leben gern Pilze. Früher sind wir oft gemeinsam zum Pilze sammeln in den Wald gegangen, aber diese hat sie wohl aus dem Supermarkt. Ich bin dennoch dankbar. Sie deckt den Tisch, stellt ein Glas für mich hin, damit ich mein Bier nicht wieder aus der Flasche trinke. Vielleicht – ich meine, zehn Jahre – vielleicht haben wir noch eine Chance. Sie weiß, dass ich sie immer lieben werde.

Wir essen gemeinsam in der Küche. Das Gemüse ist etwas versalzen, aber das kann ich mit dem Bier ausgleichen. Schnell sind ein paar Flaschen geleert. Ich trinke brav aus dem Glas, dafür steht sie immer wieder auf, um mir eine neue Flasche zu holen und einzuschenken.

Sie bleibt bei ihrem Mineralwasser. Sie mag keinen Alkohol, ganz selten mal ein Glas Sekt, aber mehr nicht. Das weiß ich, ich kenne sie gut. Ich weiß, was sie mag, was sie bewegt, wovon sie träumt. Ich kenne sie gut.

Sie erzählt von der vielen Arbeit im Büro und von ihrem Kollegen. Jochen. Der gute, alte Jochen. Sie weiß nicht, dass ich es weiß. Dass ich sie gesehen habe. Anne und Jochen.

Wie sie ihn angelacht hat. Das Lachen, dass sie sonst immer nur für mich reserviert hatte. Wie er zärtlich durch ihre blonden Haare strich und ihren Nacken küsste. Wie sie den Kopf zurückwarf, ihn lustvoll anstrahlte, ihre Lippen geöffnet und glänzend. Ihre Wangen waren leicht gerötet, während seine Hände über ihre Schultern glitten, bis hinunter zu ihrem Po. Wie sie sich an ihn drückte und sein Mund ihren zarten Körper besabberte …

Oh, ich ertrage dieses Bild nicht länger! Der Gedanke wird übermächtig. Sie ist meine Frau. Ich liebe meine Frau und kein anderer darf sie mir wegnehmen. Sie weiß das. Ich habe es ihr immer wieder gesagt. Wir zwei. Nur wir beide. Niemals darf sie mich verlassen. Niemals. Dieser sabbernde Hund.

Meine Hand umklammert das Messer, mit dem ich noch ein weiteres Stück des Bratens abschneiden wollte. Eigentlich bin ich schon satt. Mir wird schwindelig. Zu viel Bier, denke ich, zu viel Bier.

»Was ist los?«, fragt Anne. Sie hat mich beobachtet.

»Nichts«, brumme ich und lege das Messer wieder zur Seite.

Sie räumt den Tisch ab. Eine Gabel fällt klirrend zu Boden. Sie ist nervös. Es geht nicht länger. Ich stehe auf, packe sie bei den Schultern, drücke ihren Oberkörper rücklings auf den Tisch.

»Warum? Warum!« Es muss raus. Es muss jetzt raus.

Ich sehe ihre Augen, ängstlich geweitet, pechschwarze, riesige Pupillen.

»Richard«, wimmert sie erschrocken.

Ich presse meine Lenden gegen ihr Becken, halte sie auf dem Tisch. Sie ist so schwach. Niemals wird sie mich verlassen. Meine Hände wandern zu ihren Brüsten. Nicht sanft. Ich will ihr wehtun. So, wie sie mir wehgetan hat.

»Nein, Richard, bitte«, höre ich sie aus weiter Ferne durch das Rauschen in meinem Kopf. Meine Hände gleiten höher, zu ihrem Hals. Wenn ich …

Das Klingeln des Telefons reißt mich zurück in die Wirklichkeit. Was tue ich?

Ich weiche einen Schritt von ihr. Sie richtet sich auf, stürmt aus dem Zimmer, ins Bad. Schließt sich dort ein. Das Telefonklingeln erstirbt. Ich stehe allein in der Küche, trinke mein Bier aus dem Glas. Nach einer halben Stunde klopfe ich an die Tür und entschuldige mich. Es dauert noch eine Weile, bis sie sich wieder heraustraut. Ich nehme sie in den Arm und küsse sie. Sie lässt es geschehen, erwidert den Kuss nicht.

Als ich am nächsten Morgen erwache, spüre ich eine leichte Übelkeit. Ich sollte nicht so viel trinken, schelte ich mich, quäle mich vom Schlafzimmer ins Bad. Mit knapper Not schaffe ich es zur Toilette und übergebe mich. Mein Magen krampft sich zusammen. Ich werde heute keinen Tropfen anrühren, nehme ich mir vor, bin schließlich auch nicht mehr der Jüngste. Als ich in die Küche komme und den frisch gebrühten Kaffee rieche, kehre ich sofort wieder ins Bad zurück, übergebe mich ein weiteres Mal.

»Bist du krank?« Anne ist mir gefolgt, hält mir fürsorglich ein feuchtes Handtuch entgegen, das ich mir gegen die Stirn drücke.

»Ich weiß auch nicht«, stöhne ich.

»Soll ich mit dir zum Notdienst fahren?«

Mein Magen krampft sich erneut zusammen und ich schicke sie aus dem Bad. Zur Übelkeit gesellt sich Durchfall. Magen-Darm-Infektion. Für diese Diagnose muss ich nicht stundenlang in einem überfüllten Wartesaal des Ärztenotdienstes sitzen. Für Schwarztee und Zwieback brauche ich kein Rezept.

Ich verbringe den Tag zwischen Schlafzimmer und Toilette. Anne kocht mir Tee und macht mir kalte Umschläge. Wie konnte ich am Tag zuvor nur so gemein zu ihr sein? Soweit es meine Kräfte zulassen, schenke ich ihr ein dankbares Lächeln. Sie ruft meinen Chef an, um mich für die nächsten Tage bei der Arbeit zu entschuldigen.

In der Nacht lassen die Krämpfe und auch die Übelkeit nach. Anne schleicht sich morgens aus dem Zimmer, um mich nicht zu wecken. Bevor sie zur Arbeit geht, stellt sie mir noch eine Tasse Tee ans Bett. Mittags stehe ich auf. Von dem hohen Flüssigkeitsverlust ist mein Körper geschwächt. Ich trinke ein Glas Leitungswasser, dusche und verkrieche mich auf das Sofa.

Ich hasse es, krank zu sein. Ich denke an Anne. Wie kann ich sie halten? Die Angst, sie zu verlieren, schnürt mir die Kehle zu. Jetzt ist sie im Büro, bei Jochen. Was sie wohl gerade machen? Ob sie in der Mittagspause in ein Hotel gehen, so wie wir es früher manchmal spontan gemacht haben? Mein Magen krampft sich wieder zusammen, aber dieses Mal ist es die Wut. Ich gehe in die Küche, hole mir eine Flasche Bier. Es geht nicht anders. Nur der Alkohol hilft mir, den Schmerz zu ertragen.

Es ist wieder spät, als Anne nach Hause kommt. Ich liege auf dem Sofa, eine Batterie leerer Bierflaschen vor mir auf dem Tisch. Mir ist schlecht.

»Es geht dir also wieder besser?«, stellt sie fest, die Lippen ärgerlich schmal zusammengepresst.

»Nicht wirklich«, japse ich.

Sie dreht sich um, geht ins Bad und danach direkt ins Bett. Sie hat nicht einmal die Bierflaschen weggeräumt. Aber dieses Mal kann ich mich über meinen Sieg nicht freuen. In meinem Magen rumort es. Ich hätte nichts trinken sollen. Ich döse auf dem Sofa ein, erwache immer wieder aus unruhigem Schlaf. Einmal träume ich, dass sie vor mir steht, die Arme vor der Brust verschränkt, und verächtlich auf mich herabsieht. Aber als ich die Augen öffne, umgibt mich nur die leere, dunkle Nacht.

Verschwitzt wache ich am nächsten Tag auf. Anne ist bereits zur Arbeit gegangen, sie hat sich nicht von mir verabschiedet. Ich fühle mich elend und schwach. Was ist aus uns geworden? Verdammt, zehn Jahre.

Im Bad betrachte ich mein ausgemergeltes Gesicht, blass und eingefallen. Zwei Tage, oder sind es schon drei Tage? Ich kann mich nicht erinnern, wie lange ich bereits krank bin. Vielleicht sollte ich doch zu einem Arzt gehen?

Im Urin ist Blut – oder bilde ich mir das nur ein? Ich fühle mich schlecht, wie noch nie in meinem Leben. Meine Bauchdecke spannt und schmerzt. Wie damals, bei meiner Blinddarmentzündung, denke ich. Aber mein Blinddarm wurde mir vor dreißig Jahren bereits entfernt. Anne muss mit mir abends zum Arzt fahren. Hoffentlich kommt sie nicht wieder so spät.

Ich hole mir ein Glas Leitungswasser, schleppe mich zurück auf mein Sofa. Himmel, ist mir elend. Ich hätte mir einen Eimer mitnehmen sollen, falls mir wieder schlecht wird. Warum ist Anne jetzt nicht hier? Meine geliebte, kleine Frau. Nie wieder werde ich ihr wehtun. Alles wird wieder gut werden. Anne und Richard. Wir gehören zusammen. Für immer.

Als Anne abends von der Arbeit kommt, kann ich mich kaum noch bewegen, so schwach fühle ich mich. Aus glasigen Augen starre ich ihr entgegen, hoffe auf ihre tröstende Hand. Sie setzt sich nicht zu mir, sondern auf den Sessel mir gegenüber.

»Wir werden uns trennen, Richard«, sagt sie. Ihre Ruhe erschreckt mich.

»Was?«, stöhne ich, versuche mich zu bewegen. Mein Körper schmerzt, meine Muskeln wollen mir nicht gehorchen. Was ist nur los mit mir? Ich muss zu ihr. Ich muss sie in den Arm nehmen, muss sie halten. Sie darf mich nicht verlassen.

»Niemals«, presse ich hervor und fühle mich einer Ohnmacht nahe.

Es war wohl alles ein bisschen viel in den letzten Wochen. Zu viel Alkohol, zu wenig Schlaf, zu viele Sorgen. Ich spüre, wie sich mein Körper zur Seite neigt. Fast habe ich das Gefühl, als würde ich mir selbst zusehen, wie ich im Zeitlupentempo immer tiefer sinke.

Sie sitzt mir gegenüber, rührt sich nicht. Beobachtet mich mit einer Gelassenheit, die ich noch nie an ihr erlebt habe.

»Doch, schon bald«, höre ich sie sagen, aus weiter Ferne, ganz ruhig.

Mein Blickwinkel verkleinert sich, ich sehe nur noch ihr Gesicht. Ihre Augen, die abwartend auf mir ruhen. Der Rest verschwindet hinter einer grauen, undurchsichtigen Wand. Der Schweiß auf meiner Stirn ist kalt, auch meine Hände sind eisig. Ich will sie sehen, richtig sehen. Mit aller Kraft versuche ich, mich aufzurichten, aber meine Arme, meine Beine wollen nicht, kein Muskel reagiert. Mein Kopf scheint nicht mehr mit meinem Körper verbunden zu sein.

»Warum?«, frage ich hilflos auf dem Sofa liegend.

Ich verstehe es nicht. Gerade jetzt, wo wir wieder auf dem besten Weg waren. Ein Neuanfang. Sie hatte für mich gekocht, hat mich umsorgt.

Und dann wird mir für einen kurzen Augenblick die Wahrheit bewusst. Sie hat nichts von den Pilzen gegessen. Sie kam spät am Freitag, ging ins Bad, zog sich um, bevor sie zu mir in die Küche kam, legte etwas in den Kühlschrank. Sie hat nichts von den Pilzen gegessen! Fast hätte ich gelacht, aber selbst das gelingt mir nicht mehr.

Der Kerzenständer, das Brotmesser, der Brückenpfeiler, die Elbe. Hätte ich doch … Für immer vereint. Ich versuche, meine Sinne zu schärfen, einen klaren Gedanken zu fassen, doch alles verschwindet unter einem Nebelschleier, unter einem Tuch, ein Leichentuch. Sie hat unsere Liebe begraben. Eine Träne bahnt sich ihren Weg aus meinem Auge. Ich habe schon lange nicht mehr geweint. Habe ich überhaupt jemals geweint? Anne. Sie entfernt sich von mir. Ich versuche, ihr meine Hand entgegenzustrecken, um sie zu halten. Ein letztes Mal zu halten. Für immer. Es wird dunkel.

»Weil er sein Bier nicht aus der Flasche trinkt«, dringt es ganz schwach an meine Ohren.

Sie ruft den Notarzt viel zu spät. Ein Krankenwagen bringt mich in die Klinik, aber die Ärzte können nichts mehr für mich tun.

Herrgotts Bscheisserle

Ich hasse kochen. Es ist nicht nur eine simple Abneigung, die ich gegen diese zeitraubende Tätigkeit habe, es ist ein tief verwurzeltes Widerstreben. Kartoffeln schälen, Gemüse putzen, Fleisch braten – nur wenn es keine andere Möglichkeit zu überleben gäbe, wäre ich bereit, eine dieser Tätigkeiten auszuüben. Doch zum Glück gibt es vielfältige Alternativen in Form von zahllosen Imbiss- und Dönerbuden sowie Restaurants mit Mittagstisch – Bad Cannstatts Zentrum ist ein Eldorado für Kochmuffel wie mich!

Unglücklicherweise hatte ich eine Wette verloren. Wie konnte ich auch so dumm sein, mit Kuno Landshut zu wetten? Kuno wettet nie, wenn er nicht hundertprozentig sicher ist zu gewinnen. Kuno heißt eigentlich Konrad, aber keiner nennt ihn so. Er ist Bulle (bevorzugt allerdings die Bezeichnung Polizist), achtet als solcher auf seinen tadellosen Ruf und geht selten ein Risiko ein. Allerdings war es doch sehr verwegen von ihm, als Wetteinsatz selbstgemachte Maultaschen zu wählen. Er kennt meine nicht vorhandenen Kochkünste. Das Einzige, was ich zustande bringe – dies jedoch wirklich vorzüglich –, ist ein guter italienischer Espresso.

Maultaschen also. Ich sitze in meinem winzigen Büro unweit des Cannstatter Carrés und starre auf meinen Monitor auf der Suche nach einem Rezept für diese gefüllten Nudeldinger. Recherche ist mein Steckenpferd. Ohne meine Fähigkeiten hätte ich mir diese gute Stube niemals leisten können. Kein Luxusbüro. Eher bescheiden in einem renovierungsbedürftigen Haus in der Daimlerstraße. Knapp fünfzehn Quadratmeter nicht klimatisierte Nutzfläche, dafür abgenutztes Parkett und eine Abstellkammer mit eingebautem Klo. An meiner Tür hängt ein Schild:

Samira Pieschl – Private Ermittlungen

Gut, Pieschl ist nicht unbedingt der Name, der jemanden dazu inspiriert, dahinter eine knallharte Detektivin zu vermuten. Dementsprechend ist leider auch meine Auftragslage. Vielleicht hätte ich mir einen anderen Namen zulegen sollen. Ich kenne sogar Leute, die mir die dazugehörigen Papiere organisieren könnten.

Ein Klingeln überrascht mich, als ich gerade diverse Ausdrucke von Internetrezepten für jenes schwäbische Traditionsgericht sortiere. Verwirrter Blick auf meinen Terminkalender. Ich habe einen Termin: Monika Bregle.

Ich schiebe die Papiere zusammen, sodass nicht mehr erkennbar ist, dass es bei meinen aktuellen Ermittlungen um Maultaschen geht, es aber dennoch nach viel wichtiger Arbeit aussieht. Auf dem Weg zur Tür bemerke ich einen Fleck auf meinem T-Shirt. Ketchup. Ich war mittags beim Schnellimbiss am Bahnhof eine Currywurst essen. Na ja, was man so

Currywurst nennt – Wurst mit Ketchup und ockerfarbenem Pulver bestreut. Die Berliner würden staunen. Sieht nicht schön aus, der Fleck, aber jetzt kann ich es nicht mehr ändern. Was soll's? Ich werde schließlich nicht für mein Aussehen bezahlt, sondern für meinen genialen Verstand.

Ein Blick auf meine abgewetzten Jeans und die ausgetretenen Leinenschuhe sagt mir, dass ich diesen schnellstmöglich mal wieder einsetzen sollte, um einen lukrativen Auftrag an Land zu ziehen. Die nächste Miete wäre auch bald wieder fällig. Ich streiche mir durch meine sportlich-strubbelige Kurzhaarfrisur und öffne die Tür.

Monika Bregle. Schon als wir telefoniert haben, ist mir ihre Stimme bekannt vorgekommen. Lebensgroß vor meiner Tür erkenne ich sie wieder: Die gute Frau hieß mit Mädchennamen Falkensteiner, und ich habe sie vor vierzehn Jahren zum letzten Mal gesehen, beim Abi-Ball. Jetzt steht sie also wieder vor mir: lange blonde (blondierte) Mähne, taillierte Bluse, edle Jeans. *Joop!* Anscheinend besser verdienend oder vorteilhaft verheiratet oder beides. Auf jeden Fall hat sie sich gut gehalten. Aber ich habe weniger Falten im Gesicht, stelle ich neidlos fest.

»Hallo Samira.« Bussi rechts, Bussi links. »Lange nicht gesehen.«

Ich dirigiere sie zur Sitzecke unter dem Fenster, biete ihr einen Espresso an. Ob ich auch einen Latte hätte? Ich habe leider keine Milch.

»Dann nur ein Glas Wasser, bitte.«

Ein bisschen Smalltalk. Sie hat geheiratet. Ich nicht. Kinder? Nein, keine. Sie hat zwei.

»Du warst doch mal bei der Polizei, oder?«

»Hab den Dienst vor zwei Jahren quittiert.«

Es kommt so lässig, als hätte ich gern auf meine monatliche Besoldung verzichtet.

»Ach so.« Ihr Blick streift durch mein Büro. »Schön hast du's hier.«

Lügt, ohne rot zu werden. Die Möbel sind mehr schlecht als recht erhaltene Überbleibsel von meinem Vorgänger, die Luft ist stickig und die Lage sicherlich nicht die Beste. Netto, Baumarkt und Domina-Laden sind nicht weit, und alle paar Minuten rattert ein Zug über die Eisenbahnbrücke.

»Und?«, frage ich.

»Nun ja«, druckst sie herum und knetet ihre Hände zwischen den Knien. »Es ist etwas diffizil.«

Sie sagt nicht »schwierig« oder »kompliziert«. Diffizil. So war sie schon immer.

»Ich habe eine Schweigepflicht gegenüber meinen Klienten«, versuche ich sie zum Reden zu bringen. Minuten verstreichen. In der Zeit hätte ich die Einkaufsliste für die Maultaschen schreiben können. Ob man Nudelteig fertig kaufen kann? Würde mir eine Menge Arbeit sparen. Vor dem Haus donnert ein Vierzigtonner vorbei.

»Es geht um einen Mann. Er heißt Martin, Martin Gschwendtner«, entschließt sie sich endlich zu sprechen. »Ich brauche Informationen über ihn.«

Ich sehe sie stirnrunzelnd an. »Welcher Art?«

»Alles, was du herausfinden kannst. So was machst du doch, oder?«

Ja, so was mache ich. Ich kann nichts Diffiziles an diesem Auftrag entdecken. »In welche Richtung soll es denn gehen? Wofür brauchst du die Informationen?«, hake ich nach.

»Das ist privat.«

Na, wer hätte das gedacht? »Irgendetwas, was dir besonders am Herzen liegt?«

Sie schüttelt den Kopf. Ihr Blick sagt, dass ich nach schmutziger Wäsche suchen soll. Ich überschlage gedanklich meine offen stehenden Posten.

»Das wird nicht billig«, sage ich. »Mein Tagessatz liegt bei fünfhundert Euro.«

Sie zuckt nicht einmal mit der Wimper, und mich beschleicht der Gedanke, dass ich bei der Sache mehr herausschlagen kann.

»Hinzu kommen natürlich noch Spesen, Fahrtkosten, Zuschläge für Wochenend- und Nachtarbeit.«

»Geld ist kein Problem.«

Für dich vielleicht nicht, meine Liebe, denke ich und ziehe einen formlosen Vertrag aus meinem Billig-Import-Schreibtisch.

Vier Tage später treffe ich Monika auf dem Karlsplatz vorm *Café Planie*. Ich habe mir mit den Recherchen ein bisschen Zeit gelassen, um sicher zu gehen, dass meine monatlichen Unkosten tatsächlich eingespielt sind. Die Sonne strahlt über den Stuttgarter Kessel, die Stühle vor dem Café sind ausnahmslos besetzt.

Vielleicht machen die Demonstranten von Stuttgart 21 gerade Kaffeepause, sinniere ich und bin einen Moment lang froh, dass ich mich nicht in blauer Uniform ins Getümmel stürzen muss.

Wir gehen ins Café, was mir nicht so besonders gefällt, weil die Akustik wegen der hohen Stuckwände ziemlich laut ist, allerdings ist die Einrichtung nett und die Kuchen sind verboten lecker.

Es gibt nicht allzu viel zu berichten. Martin Gschwendtner führt ein recht gemütliches Leben. Eine geregelte Arbeit hat er nicht. Er schläft lange, geht häufig aus, bekommt fast täglich Besuch von schönen, wohlhabenden Frauen, befriedigt seine und vermutlich auch deren Bedürfnisse und lebt alles in allem offensichtlich nicht schlecht von dem Geld, das die Ladys ihm zustecken. Seine Wohnung könnte in einer schöneren Gegend liegen, aber vielleicht ist das auch der Trick an der Sache, mutmaße ich. Gschwendtner lockt die Damen in seine kleine, verruchte Wohnung, und sie halten es für ein Abenteuer. Raus aus der Vorstadtvilla und ab in ein durchgelegenes Bett mit einem heißblütigen Lover. Hässlich ist Herr Gschwendtner nämlich auch nicht. Schulterlanges dunkles Haar, durchtrainierter Körper mit einem knackigen Arsch, sympathisches Lächeln. Er könnte ein Callboy sein.

Monikas Augen glänzen.

»Was ist los?« Verheiratet, zwei Kinder, erinnere ich mich. »Hast du was mit dem am Laufen?«

Sie hat aufgehört zu weinen, geht neben mir die Konrad-Adenauer-Straße entlang. Nicht der lauschigste Platz, aber so können wir ungestört reden. Im Schlossgarten sind zu viele Menschen. Hier rauscht nur der Verkehr und ab und zu heult eine Polizeisirene.

Sie hatte ihn im letzten Winter im *Leuze* kennengelernt. Ein harmloser Flirt im Mineralbad, während ihre Kinder sich auf der Wasserrutsche vergnügten. Sie hatte ihn wieder getroffen, mit ihm Kaffee getrunken. Er lud sie in seine Wohnung ein. Statt Kaffee gab es Wein. Sie ließen Hemmungen und Hüllen fallen und poppten die halbe Nacht. Okay, sie sagte, sie habe sich von ihm verführen lassen, gemeint hat sie aber wilden, hemmungslosen Sex, der in ihrer Ehe im Moment ein wenig zu kurz kommt – wegen der Kinder, sucht sie nach einer Entschuldigung.

Und jetzt erfahre ich auch das Diffizile an der Geschichte: Er hat Fotos gemacht. Heimlich versteht sich. Versteckte Kamera. Leider keine lustige Verarschung. Sehr delikate, um nicht zu sagen pornografische Fotos. Eines davon fand sie nach ihrem zweiten Tête-à-Tête in ihrer Handtasche. Auf der Rückseite war ein Betrag notiert. Er erpresst sie. Und er will nicht nur ihr Geld. Er will auch ihren Körper. Ich denke an die anderen Frauen, die regelmäßig bei ihm ein- und ausgehen.

»Ich hoffe, er benutzt Kondome.«

Sie nickt. Na, wenigstens etwas.

»Gut.« Wir brauchen eine Lösung für ihr Problem.

»Du musst ihn anzeigen.«

»Samira! Wie stellst du dir das vor? Dann kommt doch alles raus!«

Warum will eigentlich nie jemand die Konsequenzen übernehmen für den Scheiß, den er baut?

In meinem Büro ist die Luft zum Schneiden. Ich koche einen Espresso, öffne das Fenster und starre nachdenklich auf die Straße. Der Feierabendverkehr wird in Kürze beginnen.

Kunos Anruf reißt mich aus meinen Gedanken: »Was machen die Maultaschen?«

»Ich arbeite daran. Tust du mir einen Gefallen? Martin Gschwendtner. Check mal, ob da was vorliegt.«

»Sonst noch Wünsche?«

»Kuno, bitte«, bettle ich.

»Nicht in diesem Leben.«

Ich weiß, dass er den Namen trotzdem prüfen wird. Sollte etwas vorliegen, wird er es mir auf die eine oder andere Weise zu verstehen geben.

Ich sehe den Tatbestand der Erpressung, Nötigung und Vergewaltigung bei Monika (und sicher auch bei den anderen Frauen) gegeben, aber was nützt das, wenn sie nicht bereit ist, ihn anzuzeigen? Ich muss einen anderen Weg finden, diesen Kerl an den Eiern zu packen.

Als potentielles Opfer kann ich nicht an ihn herankommen – ich bin weder reich noch ungemein sexy. Mein Aussehen entspricht eher einer Pieschl als einer

Samira. Klein und kompakt. Und meine inneren Werte würden unseren Gigolo wohl nicht besonders reizen. Außerdem habe ich keine Lust auf Porno-Fotos, die ganz bestimmt auch Kuno zu Gesicht bekommen würde. Kuno. Einen Moment lang frage ich mich, was das kleinere Übel für ihn wäre – mich in obszöner Pose auf einem Polaroid beim Sex zu sehen oder von mir zubereitete Maultaschen zu essen?

Ich könnte bei Gschwendtner einsteigen und seine Kamera, Computer und etwaige kompromittierende Fotos klauen. Aber das ist kriminell. Plan B: Ich könnte der Polizei einen Hinweis geben, dem sie sicherlich nachgehen würde. Leider würde dann mit hoher Wahrscheinlichkeit nicht nur Monika Eheprobleme bekommen. Auch nicht gut.

Ich nehme mein Handy, tippe die Nummer meiner Klientin ein. Peter, ihr Mann, ist bei einem Geschäftsessen, sie bringt die Kinder gleich zu Bett. Ich kann kommen.

Sie empfängt mich mit einem Glas Rotwein in der Hand. »Möchtest du auch einen?«

»Nein, danke. Bin seit zwei Jahren trocken.«

Genau genommen einundzwanzig Monate, aber wir wollen mal nicht kleinlich sein.

»Oh.«

Schulterzucken. »Trink ruhig. Ich hab da kein Problem mit.«

Stimmt so nicht ganz, geht sie aber nichts an. Damals hieß es, die ersten Monate seien die Schwersten. Schön wär's. Nach knapp zwei Jahren kann man schnell mal leichtsinnig werden. Ein kleines Schlückchen geht schon in Ordnung, man hat es ja jetzt unter Kontrolle. Weit gefehlt.

Sie geht in die Küche, kippt den guten Tropfen in den Ausguss. Schade drum.

»Hast du schon gegessen?«

»Nein.«

»Ich koche uns etwas.«

Ich hoffe, sie verlangt keine Hilfe beim Gemüse putzen. Fasziniert beobachte ich ihre geschickten Handgriffe. Die Routine jahrelanger Erfahrung. Hausfrau und Mutter, da bleibt so was nicht aus.

»Hast du schon mal Maultaschen selbst gemacht?«, frage ich.

Sie schaut von der Pfanne, in der inzwischen allerlei Gemüse brutzelt, zu mir. »Peter liebt meine Maultaschen. Ich mache sogar den Nudelteig selbst.«

»Ach was?« Ich hebe respektvoll die Augenbrauen.

»Ist gar nicht schwer. Du machst einen einfachen Nudelteig und für die Füllung nimmst du Bratwurstbrät und Spinat, mischt das Ganze mit klein gehackten Zwiebeln, viel Bärlauch, Ei und Gewürzen. Das Übliche eben.«

Das Übliche eben. Für jemanden wie mich, die es sogar schafft, eine Tiefkühl-Pizza im Backofen anbrennen zu lassen, ist das schwerer als Monika ahnen mag.

Sie füllt unsere Teller. Die Gemüsepfanne ist köstlich. Sie erzählt mir, dass »er« angerufen hat. Freitagmittag sei sie wieder dran. Ich lege meine Hand auf ihre.

»Bis dahin haben wir das Problem gelöst«, verspreche ich.

Als ich gehe, nimmt sie mich kurz in den Arm.

»Wo warst du den ganzen Abend?« Kuno steht vor meiner Tür, als ich nach Hause komme. Statt Uniform trägt er Jeans und T-Shirt.

»Was geht's dich an?«

»Ich habe mir Sorgen gemacht.«

»Um mich muss man sich keine Sorgen machen.«

Er verzieht das Gesicht. Er weiß es besser.

»Ich war bei einer Freundin. Und ich habe nichts getrunken!« Manchmal nervt mich seine fürsorgliche Art.

»Habe ich irgendetwas gesagt?« Er hebt abwehrend die Hände.

»Und warum stehst du wie ein Nachtwächter vor meiner Wohnungstür?«

»Darf ich reinkommen?«, ignoriert er meine Beleidigung.

»Nein, ich bin müde und muss nachdenken.«

Er kann sich noch nicht entscheiden zu gehen. »Dieser Martin ...«

Ich werde hellhörig. »Habt ihr was über ihn?«

»Nein, nichts, er ist sauber ... nur ...«

Sauber! Wenn du wüsstest! Mit wedelnden Händen fordere ich eine Fortsetzung.

»Na ja, er sieht gut aus ...«

Ach, daher weht der Wind! Langgezogenes »Ja-ha«. Gefällt Kuno gar nicht.

»Der Typ ist 'n eitler Pfau. Hat sich vor 'nem Jahr die Nase richten lassen.«

Da war aber einer gründlich.

»So, so«, sage ich und lächle süffisant.

Kuno beißt die Zähne zusammen. Ich drücke ihm einen Schmatzer auf die Wange.

»Danke für die Info. Schlaf gut.«

Er lächelt und tippt mit dem Zeigefinger auf meine Nasenspitze. Das macht er gern. Er mag meine Nase. Sie ist klein, wie alles an mir.

»Und was ist mit den Maultaschen?«

»Gib mir noch bis Samstag Zeit, okay?«

Wettschulden sind Ehrenschulden. Länger kann ich ihn nicht hinhalten.

Ich grüble die halbe Nacht und komme zu keinem Ergebnis, welches nicht mich oder Monika oder wahlweise uns beide ins Gefängnis bringen würde. Es ist ein Fluch, wenn man sich mit dem Strafgesetzbuch auskennt – man denkt zu viel nach.

Und dann, in den frühen Morgenstunden, angenehme siebzehn Grad vor der Tür, Vögel zwitschern und die Sonne kriecht langsam hinter den Weinhängen hervor, kommt mir eine Idee, die zwar … nun sagen wir, nicht ganz gesetzeskonform ist, aber dennoch eine Lösung bietet, die allen Seiten den geringst möglichen Schaden bereitet.

Ich rufe meine Freundin Leila an und lasse ihr von

ihrem Anrufbeantworter ausrichten, dass ich gern am frühen Nachmittag im *König X* einen Kaffee mit ihr trinken würde.

Das *König X* liegt im Leonhardsviertel – Lebens- und Arbeitsort von Kreativen und solchen, die es gern wären. Ich kenne einen Schriftsteller, der wiederum mindestens zwei Lyriker, einen Maler und ein paar Musiker kennt, die hier im Viertel wohnen. Ein Großteil der Künstler ist allerdings weiblich, und ihre Kunst ist die der Verführung. Leila ist eine von ihnen. Sie arbeitet als Tänzerin in einem der Clubs und animiert die Jungs zum reichhaltigen Getränkekonsum. Einmal hatte sich ein Kunde von ihrer Animation mehr versprochen und sie auf dem Heimweg belästigt. Ich durchkreuzte seine Pläne und trat dem Kerl ordentlich zwischen die Beine. Er hat es danach vorgezogen, den Rest der Nacht allein zu verbringen. Seither sind Leila und ich befreundet.

Ich bin früh dran und blättere lustlos in der *Stuttgarter Zeitung*, die für Urlaub vor der Haustür plädiert. Wenn der Sommer so bliebe, könnte man was draus machen. Aber es ist kein Verlass auf den Sommer.

Leilas Auftritt raubt selbst mir wieder einmal den Atem. Ihre langen blonden Haare fallen über ihre nackten Schultern – sie trägt ein trägerloses Top, was sie sich bei ihrer Figur und Oberweite ohne Weiteres leisten kann, dazu einen ultrakurzen Minirock und Stöckelschuhe. Sie beherrscht die Kunst, auf diesen Dingern zu laufen. Nicht dieses Rumgestakse der Möchtegern-Schönen. Nein, sie kann es und es sieht verdammt sexy aus. Genau deshalb habe ich sie angerufen. Sie hört sich meinen Plan an und grinst diabolisch.

»Und da hast du an mich gedacht?«, erkennt sie sofort.

Ich nicke. Der kritische Punkt. Mit ihr steht und fällt mein Plan. So viele Frauen ihres Kalibers kenne ich nicht. Eigentlich nur sie.

»Okay. Wann soll die Party steigen?«

»Wie wär's nächsten Donnerstagabend?«

Sie nimmt ihr Smartphone aus der Tasche, checkt ihre Termine. »Geht klar.«

Am Tag nach der »Party« bin ich um neun in meinem Büro und wähle Martin Gschwendtners Nummer. Prepaidkartentelefon, Rufnummer unterdrückt. Sicher ist sicher.

Nach dem siebten Klingeln nimmt er ab. Ich habe ihn geweckt.

»Ja?«

»Hallo Martin.«

Schweigen am anderen Ende. Vermutlich rätselt er gerade, welche seiner Frauen ihn anruft, während er mühsam versucht, munter zu werden.

»Ja?«, kommt es noch einmal zögerlich.

»Wir sollten uns treffen. Sagen wir so gegen elf im *Graf Eberhard*?«

»Wer ...« Langsam dämmert es ihm, dass ich nicht eine seiner Gespielinnen bin.

»Ich bitte um Pünktlichkeit.«

»Warum sollte …«

»Sollten Sie nicht erscheinen, wird das sehr unangenehme Folgen für Sie haben.« Ich drücke das Gespräch weg.

Das *Graf Eberhard* liegt nicht weit vom Leonhardsviertel im Gerberviertel und ich weiß, dass Bomber dort jeden Tag um elf einen doppelten Espresso trinkt. Bomber betreibt ein ziemlich gut laufendes Striplokal mit Hinterzimmern auf Stuttgarts Vergnügungsmeile und ist so etwas, was man allgemein *eine große Nummer* nennt. Er sieht brutal aus, kann es mitunter auch sein, im Grunde ist er aber ein friedliebender Mensch. Es heißt, dass er seine Frauen recht gut behandelt, weil er sich sagt, dass nur zufriedene Angestellte auch gute Arbeit leisten. Und gute Arbeit bedeutet glückliche Kunden, was wiederum die Kasse klingeln lässt. Es gibt Gerüchte, dass er seinen Frauen sogar Urlaubsgeld zahlt. Mit bürgerlichen Namen heißt er übrigens Alois Trautwein. Wahrscheinlich hat er sich deswegen einen – nennen wir es Künstlernamen zugelegt.

Wie auch immer, mich kann er nicht besonders gut leiden. Wir sind mal aneinander geraten, als ich noch im Staatsdienst war. Aber das ist eine andere Geschichte.

Von einer gut geschützten Ecke aus beobachte ich das Treiben auf der Terrasse vor dem Café. Bomber kommt kurz vor elf mit zwei bulligen Typen und sucht sich ein schattiges Plätzchen unter den Bäumen. Die Bedienung bringt unaufgefordert sein Heißgetränk.

Fehlt noch Mister Loverboy. Ich hoffe, er hat meine Einladung am Morgen ernst genommen und nicht für einen schlechten Traum gehalten.

Zwei Minuten nach elf trifft er ein. Sieht verdammt gut aus. Dunkle Hose, kurzärmliges Hemd. Die Haare frisch gestylt. Ich bin froh, dass ich ihm die zwei Stunden gegönnt habe, um sich für mich hübsch zu machen. Er schaut sich suchend um, lässt sich schließlich an einem freien Tisch nieder, bestellt einen Cappuccino und wartet. Ich lasse ihn ein wenig schmoren, um sicherzugehen, dass er jedem ankommenden Gast auch die gebührende Aufmerksamkeit schenkt.

Als er seinen Cappuccino fast geleert hat, beginnt mein Auftritt: Lässigen Schrittes betrete ich die Bühne, kurzer Stopp bei Bomber, freundschaftliches Schulterklopfen. Er hasst das, besonders von mir.

»Na, wie laufen die Geschäfte?« Ich schenke ihm ein strahlendes Lächeln.

Er schaut mich grimmig an. Knurrt irgendwas zurück, was sich freundlich ausgedrückt anhört, wie »Verzieh dich, Frau!«.

»Noch nicht gefrühstückt, Alois?«, entgegne ich mit noch breiterem Grinsen.

Seinen Vornamen zu erwähnen ist eine Todsünde. Ich sollte ihm in nächster Zeit aus dem Weg gehen. Er fletscht die Zähne.

»Ja dann, schönen Tag noch«, schiebe ich schnell hinterher, nicke kurz in die Runde und schreite auf Martin Gschwendtner zu.

»Warten Sie auf jemanden?«

Gschwendtner mustert mich kritisch. Die gebräunte Haut steht in tollem Kontrast zum hellen Hemd, stelle ich fest. Er antwortet nicht.

»Ich darf mich doch setzen? Laden Sie mich zu einem Espresso ein?« Die Chance, mit so einem sexy Typen beim Kaffeetrinken gesehen zu werden, möchte ich mir nicht entgehen lassen. Er ist vermutlich wesentlich weniger davon angetan, mit einer Frau wie mir an einem Tisch zu sitzen.

»Darf ich fragen, wer Sie sind?«

Dezent freundliches Lächeln: »Ich bin die gute Fee.«

Er runzelt die Stirn, und ich bestelle einen Espresso.

»Kennen Sie den da?« Ich deute mit einer Kopfbewegung auf Bomber, der zwei Tische weiter mit seinen Begleitern sitzt. »Ist 'n Zuhälter.«

»Ihrer ganz bestimmt nicht.«

Danke für die Blumen!

»Er hat eine Freundin«, sage ich. »Und wissen Sie was? Er kann richtig ungemütlich werden, wenn ihm einer dazwischen funkt. Da möchte man nicht in der Haut des anderen stecken.«

Es gibt etwas, wovor sich die meisten schönen Menschen fürchten: Nicht mehr schön zu sein. Ich denke an Gschwendtners Nasen-OP. (Danke, Kuno!)

»Einem Typen hat er sogar mal Säure ins Gesicht geschüttet. Sah übel aus.« Kunstpause.

»Was geht mich das an?« Er versucht, cool zu bleiben, aber ich sehe, dass hinter seiner hübschen Fassade die grauen Zellen rotieren. Worauf will diese kleine Kurzhaar-Tussi vor ihm hinaus?

»Einen anderen hat er mal übel zusammenschlagen lassen. Der hat seitdem ein steifes Bein und 'ne Menge Narben im Gesicht.«

»Interessiert mich einen Scheißdreck.«

Na, wer wird denn gleich ausfallend werden! Ich nehme meine Umhängetasche, ziehe einen Umschlag heraus und lege das erste Foto auf den Tisch. Leila, wie sie lebt und lacht.

Er versucht, unbeteiligt zu wirken, aber seine Pupillen vergrößern sich schlagartig.

Ich nehme das zweite Foto aus dem Umschlag. Leila neben Martin Gschwendtner vor circa dreizehn Stunden an der Bar einer Szene-Kneipe. Foto drei: Leila, die sich lachend an ihn schmiegt. Seine Hand auf ihrem Po. So was aber auch! Foto vier: Leila, die ihm ein Küsschen auf die Lippen drückt. Zum Abschied. Aus dem Winkel, aus dem ich fotografiert habe, wirkt es aber so, als wollte er sie gleich an Ort und Stelle vernaschen.

»Pack den Scheiß weg!«, zischt er und wirft einen nervösen Blick über meine Schulter.

Waren wir jetzt also schon beim »du« angelangt. So schnell schließt man Freundschaften.

»Was denkst du, was passiert, wenn diese Bilder nachher … hm, sagen wir zufällig in seinem Briefkasten landen?« Ich grinse unschuldig und drehe das oberste Foto herum. In Schönschrift steht da Name und Adresse meines Gegenübers.

Schweißperlen auf seiner Stirn. Ist aber auch wieder ein heißer Tag heute.

»Was willst du?«

»Wir sollten einen kleinen Ausflug in deine Wohnung machen. Dort wirst du alle Daten und Bilder diverser Frauen auf deinem Computer oder wo du sie sonst gespeichert hast, löschen, mir deine Kamera und sämtliche Abzüge geben – du weißt, von welchen Abzügen ich spreche?«

Erkennendes Nicken.

»Ich denke, dass tut keinem von uns beiden weh und macht eine Menge anderer Menschen glücklich.« Siegerlächeln.

»Aber die Tussi hat mich doch angemacht!« Der Versuch eines schwachen Aufbegehrens.

Ich lehne mich zur Seite, lege einen Arm lässig auf die Rückenlehne meines Stuhls, sodass Martin freien Blick auf Bombers Stiernacken hat. »Was denkst du, wem er eher glauben wird? Seiner süßen, sexy Freundin nach einem fulminanten Blow-Job oder einem braungebrannten Schönling, der um Gnade winselt?«

Mein Gegenüber lässt sich zu einem derben Fluch hinreißen, und ich erlaube ihm, die Zeche zu zahlen.

Als wir gehen, winke ich Bomber fröhlich zum Abschied.

Samstagnachmittag kommt Monika zu mir. Sie hat alles eingekauft, was wir zur Herstellung schwäbischer

Maultaschen »à la Moni« benötigen. Die Standards: Mehl, Eier, Öl. Die Specials: Brät, Spinat, Bärlauch, dazu Gewürze wie Muskat und Knoblauch. Salz und Pfeffer findet man sogar in meiner bescheidenen Küche.

Moni fordert mich auf, ihr tatenlos das Feld zu überlassen. Vermutlich befürchtet sie, ich könnte ihrer Kreation sonst ernsthaften Schaden zufügen. Ich bewundere ihr Geschick aus sicherer Distanz und bin froh über den unglücklichen Umstand, der uns zusammengeführt hat.

»Ich verrate dir jetzt mein Geheimnis«, flüstert Moni konspirativ. »Das Brät ist von Thüringer Bratwürsten. Die haben bereits eine tolle Würze, da musst du nicht mehr viel machen.«

Ich sowieso nicht. Die heimliche Vereinigung von Ost-West-Kochkultur finde ich allerdings sehr interessant.

Nachdem die gröbsten Arbeiten erledigt sind, will sie meine Küche aufräumen. Ich bremse sie energisch. »Wenn alles sauber ist, glaubt Kuno mir niemals, dass ich selbst gekocht habe. Es muss hier nach Arbeit aussehen.«

Da meine Köchin ahnt, dass aus geschmelzten Zwiebeln unter meiner fürsorglichen Obhut schnell eine unappetitliche schwarze Pampe werden könnte, hat sie eine Alternative vorbereitet: Sie dünstet Zwiebeln und Mangoldstreifen in einer Gemüsebrühe und fügt abschließend frische Sahne und Gewürze hinzu. Sieht alles verdammt gut aus.

»Das musst du jetzt nur noch warm halten. Kann eigentlich nichts mehr schief gehen.«

Ganz sicher bin ich mir da nicht.

»Die Maultaschen legst du erst ins kochende Wasser, wenn dein Kuno da ist, sonst verkochen sie. Zwanzig Minuten ziehen lassen und fertig.«

Er ist nicht »mein Kuno«!

Bussi rechts, Bussi links. Sie rauscht ab und lässt mich mit meinem Chaos allein.

Kuno sitzt in meinem kleinen Wohnzimmer. In Ermangelung eines Balkons habe ich den Tisch vor das geöffnete Fenster gestellt und liebevoll gedeckt: Besteck, Servietten, Wassergläser. Kuno trinkt aus Prinzip keinen Alkohol, und das nicht erst, nachdem er mich vor zwei Jahren betrunken im Dienst erwischt und kurze Zeit später in eine Entzugsklinik gebracht hat. Uns verbindet seither mehr als der Anti-Alkoholismus.

Ich koche die Maultaschen genau nach Monis Angaben, hoffe, dass die Dinger nach zwanzig Minuten tatsächlich gar sind, und richte sie mit der Zwiebel-Mangold-Soße an. Sieht gar nicht so schlecht aus, denke ich zufrieden. Und auch Kuno schaut sichtlich überrascht auf seinen Teller.

»Sieht so aus, als könnte ich den Tisch im *Klösterle* wieder abbestellen.« Er wagt einen vorsichtigen ersten Bissen. »Hmmm, lecker. Wer hat die gemacht?«

»Ich«, lüge ich und schaue konzentriert auf das Essen vor mir.

Er legt die Gabel zur Seite und sieht mich vorwurfsvoll an. »Pieschl.«

Oh Mann, diese kleine Flunkerei hätte er mir ruhig zugestehen dürfen. Aber wenn er mich Pieschl nennt, ist das kein gutes Zeichen. Ich will uns den Abend nicht verderben und gestehe: »Na ja, eine Bekannte hat mir ein bisschen geholfen.«

Er nimmt die Gabel wieder zur Hand und isst weiter.

»Die mit der Martin-Geschichte?«, fragt er mit vollem Mund.

»Was weißt du davon?« Ich bin doch etwas erstaunt.

»Wenn du nichts von ihm willst, kann es doch nur ein aktueller Fall sein.«

Ich lächle unschuldig.

»Erzählst du's mir?«

Ja, Kuno kann ich es erzählen. Die Geschichte ist gut bei ihm aufgehoben.

»Du bist allein mit dem Kerl in seine Wohnung gegangen?« Ernsthaftes Entsetzen auf seinem Gesicht. Gleich kommt die Leier mit der Eigensicherung.

»Ich konnte Gschwendtner glaubhaft vermitteln, ich hätte eine SIG Sauer bei mir.«

Stirnrunzeln, Kopfschütteln. Meinen Waffenbesitzschein musste ich vor zwei Jahren abgeben. Kuno zupft nachdenklich an seinem Kinn.

»Was noch?«, erkundige ich mich.

»Heißt Bombers Aktuelle nicht Natascha?«

Da kennt einer seine Pappenheimer.

»Kann sein«, gebe ich zu. Leila ist weder Bombers Freundin, noch eine seiner Angestellten. Sie ist Tänzerin und im Übrigen liebt sie Frauen.

Erneutes Kopfschütteln, dieses Mal mit dem Ansatz eines Grinsens im Gesicht. Er kratzt die Maultaschenreste und Soße vom Teller, hält die Gabel zwischen uns: »Weißt du, wie wir die Dinger bei uns zu Hause nennen?«

Schulterzucken meinerseits. Woher soll ich das wissen?

»Herrgotts Bscheißerle.«

Und dabei lächelt er mich an, als meinte er nicht nur die Maultaschen.

VOR DEM WACHSEIN

»Wissen Sie, wann Sie wach sind? Wissen Sie es genau? Oder denken Sie nur, es zu wissen? Wie fühlt es sich an, dieses Wachsein? Und der Schlaf? Hüllt er Sie nicht in Dunkelheit? In Nichtsein? Ist er nicht wie tot sein? Sind die Träume gut, bist du im Himmel, sind sie schlecht, bist du in der Hölle. Bin ich wach? Ich weiß nicht, wie sich das anfühlt.«

Zum Ende des Satzes verliert sich die zarte Stimme in der Stille des Raumes, erlischt zu einem Schweigen, dessen Lautlosigkeit sie wie eine Seifenblase umhüllt. Das Mädchen, zu dem die Stimme gehört, sitzt auf einem einfachen Stuhl, die blonden Haare schimmern frisch gewaschen und geben dem blassen Gesicht einen pudrigen Glanz. Ihre Hände umfassen die Sitzfläche des Stuhls, ihr Oberkörper ist leicht vorgebeugt.

Kriminalhauptkommissar Andreas Brander widersteht nur mit Mühe dem Drang, dieses zarte Wesen tröstend in seine Arme zu nehmen. Vor vierundzwanzig Stunden hat er sie zum ersten Mal gesehen und dies sind die ersten Worte, die sie spricht. Das Kratzen der Kugelschreibermine auf seinem Block stört die Stille. Aber er muss sich Notizen machen. Die ersten Worte. Er will keines davon vergessen.

»Du bist wach, wir unterhalten uns«, sagt er nach einer Weile, um das Gespräch wieder in Gang zu bringen. Er meint, ein Lächeln auf ihrem Gesicht zu sehen, obwohl sich kein einziger Muskel darin bewegt. Dann ist das Lächeln wieder verschwunden. Wie macht sie das, fragt er sich, zu lächeln und gleichzeitig regungslos wie eine Puppe vor ihm zu sitzen. Oder hat er sich ihr Lächeln nur eingebildet? Von draußen hören sie die Rufe eines Pflegers.

»Willst du mir nicht ein bisschen was von deinen Träumen erzählen?«, versucht Brander noch einmal, das Mädchen zu erreichen.

Sie schweigt. Er wartet. Fünf Minuten, zehn Minuten. Nichts bewegt sich in ihrem Gesicht, auch ihr Körper ist ganz still. Dieser stille Körper erzählt eine Geschichte: Die Wundmale an den Händen, die zerkratzten Arme, die Augen, die zwar in seine Richtung schauen, ihn aber überhaupt nicht wahrnehmen. Sie ist weit entfernt, nicht in diesem Raum, nicht in dieser Stadt, ja vielleicht nicht einmal auf dieser Welt. Zwanzig Minuten Schweigen. Er steckt Block und Kuli in die Tasche. Sie hat alle Worte für diesen Tag aufgebraucht, denkt Brander und hofft, dass sie am nächsten Tag wieder Kraft für neue Worte hat.

»Und?«, fragt Härtel, als Brander wieder zurück in der Dienststelle ist. Vor drei Jahren kam Johannes Härtel nach Stuttgart, seither sind sie ein Team. Vielleicht nicht mehr lange. Branders Versetzungsantrag zur Polizeidirektion Tübingen läuft.

»Sie hat nicht viel gesagt, faselte irgendwas von Schlafen und Wachsein.« Brander lässt sich frustriert auf seinen Stuhl fallen, streicht sich mit beiden Händen über die kurzen Stoppelhaare.

»Vielleicht kann die Mutter uns helfen«, überlegt Härtel. »Ich habe mit dem Krankenhaus telefoniert. Wir können jetzt mit ihr sprechen.«

»Ob sie ihre Tochter anzeigen wird?«

Härtel zuckt die Achseln.

»Frau Siegward? Ich bin Kriminalhauptkommissar Brander und das ist mein Kollege Kommissar Härtel.«

Sie stehen am Bett der Frau, die tags zuvor mit zahlreichen Stichverletzungen ins *Katharinenhospital* eingeliefert worden war. Aber sie hatte Glück, abgesehen von dem hohen Blutverlust, hat sie keine lebensbedrohlichen Verletzungen erlitten. Ein Schutzengel muss das Schlimmste verhindert haben. Der Schutzengel war ihr Schwager.

»Wo ist Sophie?«, fragt Frau Siegward. Das Sprechen fällt ihr schwer.

»In einer psychiatrischen Klinik.«

»Ich hoffe, es geht ihr gut.«

Der Zynismus in der Stimme der Frau ist nicht zu überhören. Kann man ihr verübeln, dass sie wütend auf ihre Tochter ist? Eine Tochter, die wie eine vom Teufel Besessene mit einem Messer auf ihre Mutter losgegangen ist.

»Können Sie uns vielleicht erklären, was gestern Nachmittag bei Ihnen zu Hause vorgefallen ist?«, fragt Härtel und zückt seinen Notizblock. Sie haben noch keine Aussage von Sophies Mutter.

»Nein, das kann ich nicht.« Ihre Augen funkeln Härtel wütend an. »Sie ist verrückt. Sie ist krank. Eine Irre. Sie lügt, wenn sie den Mund aufmacht!«

Brander beißt die Zähne zusammen. Das ist nicht nur Wut, das ist mehr, das ist ... Hass?

»Gab es häufiger Gewalttätigkeiten zwischen Ihnen und Ihrer Tochter?«, fährt Härtel fort.

Frau Siegward schweigt. Brander seufzt ergeben. Er spürt, dass auch diese Frau nichts sagen wird. Vielleicht ist es noch zu früh.

»Frau Siegward, Ihre Tochter hat Sie mit einem Küchenmesser attackiert. Das ist keine Lappalie.« Härtel schaut sie streng an.

»Was weiß ich, was in Sophies krankem Hirn vorgeht!«, fährt die Frau im Krankenbett Branders Kollegen an. »Sperren Sie sie ein. Es ist mir egal. Ich will sie nicht mehr sehen! Hören Sie? Ich will sie nicht mehr sehen!«

Sie steht unter Schock. Brander gibt seinem Kollegen ein Zeichen. Es ist genug.

»Sie hat Narben an Händen und Armen«, sagt Brander, als sie wieder im Auto sitzen.

»Wer?«

»Sophie. Die Tochter.«

»Hat sie sich die Verletzungen selbst beigebracht?«

»Die Psychologin vermutet es. Selbstverletzendes Verhalten nennt sie es.«

»Lass uns mit dem Vater sprechen. Vielleicht ist der gesprächiger.«

Herr Siegward ist zu Hause. Er hat sich freigenommen. Die halbe Nacht hat er versucht, die Küche von den Blutspuren zu reinigen, nachdem die Kriminaltechniker die Spurensicherung abgeschlossen hatten. Er sieht müde aus.

»Ich bin Sophies Stiefvater«, erklärt Herr Siegward.

Brander nickt. Er hatte diese Information schon von den Kollegen bekommen.

»Als Mareen und ich heirateten, war Sophie gerade zehn Jahre alt. Sie hat mich nie akzeptiert, weder als Vater noch als sonst jemand, mit dem sie unter einem Dach lebt. Immer wieder hat sie versucht, Mareen und mich gegeneinander auszuspielen. Manchmal war sie ein richtiges Luder.«

Härtel hat wieder seinen Block gezückt. »Können Sie uns das etwas genauer erklären?«

Er räuspert sich, lehnt sich auf dem Sofa zurück, legt einen Arm locker über die Rückenlehne. »Nun, Sie haben Sophie ja gesehen. Sie ist ein hübsches Mädchen, hat sich prächtig entwickelt. Und das wusste sie auch.«

Brander hebt fragend die Augenbrauen. Kleine Furchen bilden sich auf seiner Stirn, bis hin zu den Geheimratsecken.

»Ihre Kleidung. Ihre Bewegungen. Immer dieser verträumte Blick. Dazu diese ablehnende Arroganz. Sie wissen schon.«

»Und sind Sie darauf eingegangen?«, fragt Brander lauernd.

»Wie soll ich das bitte verstehen?«

»Sie sagten doch, Sophie hätte sich prächtig entwickelt ...«

Die lässige Haltung ist schlagartig verschwunden. Unruhig wandern die Augen zwischen den beiden Kommissaren hin und her. »Was wollen Sie mir unterstellen?«

»Nichts, gar nichts.« Härtel hebt beschwichtigend die Hände.

»Ich würde mir gern noch einmal Sophies Zimmer ansehen«, erklärt Brander.

Es ist ein Mädchenzimmer. Die Kollegen von der Kriminaltechnik haben es bereits gründlich durchsucht, aber Brander hofft dennoch, hier den Schlüssel zum Geschehen zu finden. Seine Augen wandern über die Möbel, die Wände entlang.

Über dem Bett hängen Poster von Musikern, die Brander nicht kennt. Zwei Schnappschüsse von ihr und ihren Freundinnen liegen auf dem Nachttisch. Zwischen Schulbüchern und Zeitschriften stecken ein paar CDs.

Brander durchsucht noch einmal die Schubladen und Schränke. Er nimmt die Schulhefte aus einer Tasche, lässt sie zu Boden fallen, schaut in das Innere der Tasche. Nichts. Erst als er die Schulhefte wieder in die Tasche packen will, fällt ihm ein kleines Notizbuch auf, das zwischen den großen Heften liegt.

Brander nimmt es, setzt sich auf das ungemachte Bett und schlägt das Büchlein auf. Die ersten Seiten sind leer, auf der dritten Seite steht:

>*Der Augenblick, wenn die Nacht in den Tag übergeht, hat keine Farbe, als würde er nicht existieren und doch ist er da.*
Wie der Moment vor dem Wachsein.«

Da endet der kurze Eintrag. Brander kratzt sich am Kopf. Was soll das bedeuten? Er blättert Seite um Seite weiter. Keine Silbe, kein weiteres Wort. Wie bei seinem Besuch am Morgen in der Klinik. Sie beginnt zu reden, um sich dann in Schweigen zu hüllen.

Ein Blatt wurde herausgerissen. Was mag darauf gestanden haben?

Er nimmt die Fotos vom Nachttisch und betrachtet die Mädchen, die ihre Gesichter zu Grimassen verzogen haben. Er konzentriert sich auf Sophie. Auf den Bildern ist sie noch etwas jünger, ihre Haare länger. Ihre Kleidung? Sie ist angezogen wie alle Mädchen in ihrem Alter. Nur ihr Blick ist anders. Obwohl auch sie eine Grimasse schneidet, wirkt sie merkwürdig abwesend, als geschehe alles automatisch, ohne ihr Zutun. Schlafwandlerisch, denkt Brander, vielleicht ein guter Traum. Er steckt die Bilder in seine Jackentasche und geht wieder ins Wohnzimmer.

»Haben Sie ein Fotoalbum?«

Theo Siegward runzelt die Stirn, überlegt. Dann erhebt er sich vom Sofa, geht zum Wohnzimmerschrank und sucht in einer Schublade. Er drückt Brander ein Album in die Hand, eines von diesen Dingern, in dem die Fotos gleich eingedruckt sind, keine losen Bilder. »Was wollen Sie damit?«

Brander weiß es selbst noch nicht. »Ich möchte etwas überprüfen. Darf ich es mitnehmen?«

Siegward nickt.

»Wir gehen noch zu ihrem Onkel«, erklärt Brander seinem Kollegen, nachdem sie das Haus der Siegwards verlassen haben.

Jan Siegward wohnt nur wenige Meter entfernt vom Haus seines Bruders. Er lebt allein in einer Einliegerwohnung eines Zweifamilienhauses, und auch er ist heute nicht zur Arbeit gegangen. Er empfängt die Kommissare in einem Jogginganzug, unrasiert und übernächtigt. Vielleicht hat er seinem Bruder bei der Küchenreinigung geholfen.

»Sophie ist ein seltsames Mädchen. Sie kam nie mit der Heirat von Theo und Mareen klar. Allerdings läuft die Ehe auch nicht besonders gut. Aber das liegt vielleicht auch an dem Mädchen. Sie versucht immer wieder einen Keil zwischen die beiden zu treiben«, diktiert er Härtel in sein Notizbuch.

»Wie ist Ihre Beziehung zu Sophie?«, fragt Brander.

»Ich mag sie, trotz all der Schwierigkeiten, die wir mit ihr haben. Sie ist ja noch ein Kind. Die Lügen muss man verzeihen. Allerdings in letzter Zeit war sie … irgendwie verändert.«

»Verändert?«

»Ja, irgendwie abweisend. Manchmal auch aggressiv. Ich kann Ihnen das nicht genau beschreiben. Sie war aggressiv. Schrie plötzlich los, wenn man sie nur ansprach, schloss sich in ihr Zimmer ein. Mareen musste ihr den Schlüssel wegnehmen.« Er geht zu einer Vitrine und holt eine Flasche Kognak heraus. »Entschuldigen Sie, aber ich … mir gehen die Bilder einfach nicht aus dem Kopf.«

Alkohol ist da auch keine Lösung, denkt Brander. Er wartet, bis das Glas gefüllt ist. »Warum waren Sie gestern im Haus Ihres Bruders?«

Brander meint, ein erschrecktes Zittern bei Jan Siegward zu bemerken. Er schaut zu seinem Kollegen, der seine Entdeckung bestätigt. Vielleicht die Erinnerung, sagt sein Blick.

»Mareen hat mich eingeladen. Gestern war … Gestern war Sophies sechzehnter Geburtstag.« Auch seine Stimme zittert. Er trinkt einen Schluck Kognak. »Sophie wollte nicht feiern, aber Mareen meinte, wir sollten wenigstens zusammen Kaffeetrinken. Mareen hatte eine Torte gebacken.«

»Sie saßen mit Ihrer Schwägerin und Sophie im Wohnzimmer? Ihr Bruder war nicht dabei?«

»Theo war noch beruflich unterwegs.«

»Und was passierte dann?«

»Mareen ging in die Küche, um die Torte zu holen. Auch Sophie stand auf, sagte, sie wollte zur Toilette gehen. Und dann hörte ich Mareen schreien. Ich bin in die Küche gerannt. Es war grauenvoll.« Er hält sich die Hand vor Augen, schüttelt den Kopf, sieht wieder zu den Kommissaren. »Ich hab mich auf Sophie gestürzt und ihr das Messer aus der Hand geschlagen. Ich glaube, ich habe sie sogar geohrfeigt, damit sie wieder zu sich kam. Sophie war wie von Sinnen ...«

»Wo wart ihr den ganzen Tag?«, begrüßt sie ein Kollege von der Kriminaltechnik mürrisch, als sie wieder ins Präsidium kommen.

»Ermitteln«, erklärt Brander und drängt an dem Kollegen vorbei.

»Ich hab was für euch. Wir haben es im Papierkorb im Zimmer von dieser Sophie gefunden. War eine Heidenarbeit.«

Er drückt Brander eine Plastiktüte in die Hand. In der Tüte steckt ein Zettel. Der Zettel war in tausend kleine Teile zerrissen worden. Die Kollegen hatten das Puzzle wieder zusammengesetzt. Der Größe nach war er aus dem kleinen Heft herausgerissen, das er in Sophies Schultasche gefunden hatte. Brander liest stumm, was auf dem Zettel steht:

> *Sie ist fort. Sie hat mich allein gelassen.*
> *Er kommt, wenn ich noch schlafe. Es ist der*
> *Moment vor dem Erwachen, vor dem Wach-*
> *sein. Da schleicht er sich in mein Zimmer.*
> *Aber ich will nicht aufwachen.*
> *Nein, nicht. Nicht aufwachen.*
> *Ich schlafe. Ich schlafe.*
> *Ich schlafe.«*

Brander spürt, wie sich seine Muskeln verkrampfen, ein Klumpen drückt wie eine Faust in seinen Magen. Wortlos reicht er den Zettel an Härtel weiter.

»Scheiße«, kommentiert Härtel und wird blass.

»Ich habe meine Stieftochter nicht vergewaltigt!«, schreit Theo Siegward. Es klingt hilflos. Sie haben ihn ins Präsidium geholt und verhören ihn jetzt schon seit über einer Stunde. Es ist spät.

»Ihre Kleidung. Ihre Bewegungen. Immer dieser verträumte Blick. Sie wissen schon«, zitiert Härtel aus seinem Notizbuch. Sie sind mit ihrer Geduld am Ende, Siegward, Härtel und Brander.

»Ich will jetzt meinen Anwalt sprechen. Ich mache Ihre Schikanen nicht mehr mit. Mein Gott, was weiß ich, was dieses Mädchen sich da zusammengesponnen hat. Ich habe sie nie ... Hören Sie? Ich habe meine Stieftochter NIE angepackt!«

Sie lassen Siegward allein und gehen in ihr Büro. Brander blättert ratlos durch das Familienalbum, das von einer glücklichen Familienidylle zeugen soll. Die Familie Siegward feiert Weihnachten, Sylvester, fährt in den Urlaub, grillt im Sommer im Garten.

»Der Zettel reicht nicht als Beweis. Wenn das Mädchen nichts sagt ...« Härtel beendet den Satz nicht.

»Vielleicht verstehen wir es nicht richtig«, überlegt Brander.

»Vielleicht ist auch gar nichts passiert. Ein Luder, eine Lügnerin.«

Brander schüttelt den Kopf. »Sie hat ihre Mutter mit einem Küchenmesser attackiert!«

Sie schweigen ratlos.

»Wir behalten Siegward eine Nacht hier. Vielleicht bringt ihn das zum Reden«, sagt Brander und starrt auf die Bilder. Es ist immer dasselbe Motiv, nur die Hintergründe wechseln. Mareen, Theo und Jan Siegward lachen in die Kamera, Sophie wirkt seltsam abwesend, als wäre sie gar nicht da. Schließlich klappt er das Album energisch zu. »Ihre Mutter. Morgen früh reden wir noch einmal mit ihrer Mutter.«

Er weiß, dass er die ganze Nacht keinen Schlaf finden wird.

»Das wird ja immer besser!«, ruft Mareen Siegward, und der Versuch eines spöttischen Lachens geht in einen Hustenanfall über. Sie verzieht schmerzhaft das Gesicht. Als der Husten sich wieder gelegt hat, fährt sie etwas ruhiger fort: »Sie ist meine Tochter, und ich habe sicherlich nicht immer alles richtig gemacht, aber ich verstehe nicht, warum sie lügt, dass sich die Balken biegen.«

Sie schaut zum Fenster.

Es regnet.

»Woher hat sie das? Was habe ich ihr getan? Erst erzählt sie Theo, ich hätte eine Affäre mit seinem Bruder. Dann geht sie mit dem Messer auf mich los. Und jetzt behauptet sie auch noch, dass Theo sie vergewaltigt hätte? Warum straft mich Gott mit so einem Kind? Ich verstehe es nicht. Warum?«

Die Erwähnung von Jan Siegward lässt Brander aufhorchen. »Sie haben sich mit dem Bruder Ihres Mannes gut verstanden?«

»Ja, natürlich, aber ich hatte doch keine Affäre! Er gehört zur Familie. Jan ist oft bei uns, und er hat sich immer sehr um Sophie bemüht. Am Anfang hatte ich die Hoffnung, dass er es schaffen würde, sie zur Vernunft zu bringen. Ich meine, ich kann doch nicht nur wegen ihr mein Leben lang allein bleiben. Aber dann fingen plötzlich diese Lügen an.«

Sie müssen Theo Siegward wieder gehen lassen. Es ist alles nur ein Verdacht, eine vage Vermutung. Wenn doch das Mädchen nur mit ihm reden würde. Aber als Brander sie am Vormittag nochmals besucht, sitzt sie nur auf dem Stuhl und schaut durch ihn hindurch. Eine Stunde sitzt sie ihm schweigend gegenüber, dann gibt er auf.

Jetzt marschiert Brander die drei Schritte vom Schreibtisch zum Fenster schon so lange auf und ab, dass zu befürchten ist, dass ein eingetretener Pfad im Linoleum zurückbleiben wird. Härtel spielt nervös mit seinem Kuli und verkneift sich nur mit Mühe die Bitte, Brander möge sich auf seine fünf Buchstaben setzen.

»Sie stürzt sich auf ihre Mutter. Warum tut sie das? Warum nicht auf ihren Stiefvater, wenn der sie misshandelt hat?«, fragt Brander und unterbricht endlich seine Wanderung.

»Theo Siegward ist viel stärker als ihre Mutter.«

»Das reicht mir nicht.« Brander schüttelt den Kopf und schaut auf das Fotoalbum. Er hat es dem Stiefvater noch nicht zurückgegeben. »Durch ihre Mutter ist sie gezwungen, mit Theo Siegward zusammenzuleben und auch mit seinem Bruder, der ja anscheinend dort ein- und ausgegangen ist, als würde er dort wohnen«, überlegt er laut vor sich hin.

»Warum dichtet sie ihrer Mutter eine Affäre mit Jan Siegward an?«, fragt Härtel.

In Branders Nacken beginnt es zu kribbeln. Er nimmt den Zettel, den die Kriminaltechniker zusammengepuzzelt haben. »Sie ist fort, und er schleicht sich in ihr Zimmer.« Er hebt den Blick wieder, schaut Härtel an: »Hat Jan Siegward eigentlich einen Schlüssel zum Haus seines Bruders?«

Sie machen sich auf den Weg zu Jan Siegwards Wohnung. Es ist schon spät, der Himmel nachtschwarz, die schwache Straßenbeleuchtung lässt die Umgebung verschwommen wirken, wie die Erinnerung an einen Traum.

Zu ihrer Überraschung steht die Haustür offen. In der Wohnung ist alles ruhig. Brander spürt, wie sein Herzschlag sich erhöht. Sie klopfen.

»Herr Siegward?«

In der Wohnung bleibt es still. Dann hören sie ein Geräusch. Ein Stöhnen? Ein Schluchzen? Ein unterdrücktes Atmen? Brander zieht seine Waffe. Er hasst dieses kalte, schwere Ding. Seine Finger sind eiskalt.

Sich gegenseitig absichernd betreten sie die Wohnung, arbeiten sich von Tür zu Tür.

Das Wohnzimmer, in dem sie noch am Tag zuvor gesessen haben, ist völlig verwüstet. Der Sessel ist zur Seite gekippt, ein Aschenbecher samt Inhalt hat sich auf dem Boden verteilt, der Teppich ist verrutscht, Glas ist zersplittert. Auf dem Sofa sitzt Theo Siegward, das Gesicht in den Händen vergraben, und weint.

Jan Siegward liegt der Länge nach mit dem Gesicht zum Boden und rührt sich nicht. Unter seinem Kopf breitet sich ein roter Fluss seinen Weg über das Parkett.

»Er hat alles kaputt gemacht«, wimmert Theo Siegward. »Mein eigener Bruder. Er hat alles kaputt gemacht.«

Brander beugt sich zu Jan Siegward, fühlt dessen Puls. Er hat eine Platzwunde am Kopf. Härtel ruft einen Rettungswagen.

Brander liest noch einmal Theo Siegwards Aussage. Er und Mareen hatten nichts bemerkt. Er kannte Sophie doch kaum und wäre auch zu selten zu Hause gewesen, als dass er etwas hätte merken können, versucht er, seine Ignoranz zu entschuldigen. Und Mareen und er waren froh gewesen, wenn Jan sich anbot, auf Sophie aufzupassen, wenn sie mal ein Wochenende allein verreisen wollten. Sie brauchten diese Auszeiten, auch wenn Sophie hinterher noch verstockter war als vorher.

Irgendwann hatte Sophie behauptet, Mareen hätte ein Verhältnis mit Jan. Natürlich hatte er das nicht geglaubt. Es hatte einen schlimmen Streit gegeben und er hatte das Mädchen sogar vor Wut geschlagen. Er und Mareen hielten es für eine ihrer Spinnereien, dabei hatte Sophie doch nur erreichen wollen, dass Jan nicht mehr in ihr Haus kam.

Doch das erkennt Theo Siegward erst jetzt, als es zu spät ist. Viel zu spät.

Brander reibt sich die müden Augen und schiebt alle Unterlagen in eine Mappe. Mit Grausen denkt er an die bevorstehende Gerichtsverhandlung. Würde Jan Siegward verurteilt werden? Wie viele Jahre würde er bekommen? Und wie viele Jahre würde es dauern, bis Sophies Wunden verheilt waren?

Sophie sitzt wieder auf dem Stuhl, die Hände umklammern wieder die Sitzfläche und ihr Blick geht durch den Kommissar hindurch. Brander sucht nach den richtigen Worten. Er möchte ihr sagen, dass der Albtraum vorbei ist. Wach auf, es ist vorbei.

Aber ist es wirklich vorbei?

Vielleicht ist es besser, ich lasse sie noch ein bisschen schlafen, denkt er und versucht, ihr zuversichtlich zuzulächeln.

Kommissar Brander ...

Wenn ich nicht gerade einen Kurzkrimi schreibe, bin ich eigentlich »Serienermittlerin«. Kriminalhauptkommissar Andreas Brander ist die Hauptfigur meiner Krimiserie, deren erster Fall »Irrwege« 2008 im Emons-Verlag, Köln, erschien. Gemeinsam mit seiner griechischen Kollegin Persephone Pachatourides ermittelt Brander seither bei der Kriminalinspektion 1 in der schönen Universitätsstadt Tübingen und im schwäbischen Umland. (Das in dieser Kurzgeschichte erwähnte Versetzungsgesuch wurde also bewilligt.)

Aber Brander ist nicht nur Ermittler mit Herz und Verstand, er ist auch ein kleiner Whiskykenner und daher werden seine Ermittlungen stets von dem einen oder anderen edlen Tropfen begleitet – natürlich immer erst nach Dienstschluss ...

Eine Übersicht aller bisher erschienenen Kommissar-Brander-Fälle finden Sie am Ende dieses Buches oder auf meiner Internetseite: www.sybille-baecker.de

POLINA

Zehn Sekunden über null. Noch nie hatte er gezögert. Er sah ihr Gesicht. Ihr wunderschönes Gesicht, das er vor achtundvierzig Stunden und inzwischen zwanzig Sekunden zum ersten Mal gesehen hatte.

Stefan hatte angerufen. »Was hältst du von einem kleinen Ausflug?«

»Wohin?«

»Frankfurt.«

»Frankfurt?«

»Ich hab was Nettes aufgetan. Es lohnt sich. Sehr.«

»Wann?«

»Dein Flieger geht in zwei Stunden.«

Er stieg in das Flugzeug. Er flog nicht direkt nach Frankfurt und kam so nicht in den Genuss, im Landeanflug Deutschlands einzigartige Skyline der Finanzmetropole zu bewundern. Stattdessen landete seine Maschine in Hamburg. Er schlief ein paar Stunden in einem Flughafenhotel, nahm einen Mietwagen und sah bei Tagesanbruch von der Autobahn aus die beleuchteten Hochhäuser des Bankenviertels und den Maintower. Mainhattan sagten die Frankfurter mit einem gewissen Stolz in der Stimme. Er fuhr zu der Adresse, die Stefan ihm gegeben hatte. Ein billiges Zimmer im Bahnhofsviertel, laut und dreckig.

Es ließ nicht viel übrig von dem erhabenen Eindruck, den Frankfurt auf den Besucher aus der Ferne machte. Eine magere Nutte bot ihm am Eingang zu seiner Herberge ihre Dienste an, leckte mit ihrer Zunge über die rissigen Lippen. Die Augen glasig und leer. Er war froh, dass er nicht lange bleiben musste.

Ein Umschlag lag unter dem Kopfkissen. Er setzte sich auf das Bett, zerbrach das Siegel und entnahm die Papiere.

Der Ausdruck eines Fotos – laserdruck, farbig, gute Qualität. Darauf das Gesicht einer Frau, einer bildschönen Frau. Blaue Augen, die strahlten, als würden sie ihn tatsächlich ansehen. Ein sanftes Lächeln auf den geschwungenen Lippen. Voller Verheißung. Die Wangen zartrosa.

Zu dem Foto gab es einen Namen und eine Adresse, dazu ein paar sparsame Informationen, die er benötigte. Polina. Das war der Name zu dem Gesicht. Polina. Er passte nicht zu diesen zarten Linien, klang viel zu bäuerlich. Sie war jung, dreiundzwanzig Jahre, neun Jahre jünger als er. Einen Augenblick ließ er sich in den Bann des Bildes ziehen, zeichnete zärtlich mit den Fingern die Konturen ihres Gesichts nach. Dann warf er einen Blick auf die Uhr. Neun Uhr. Ihm blieben achtundvierzig Stunden. Das war sein persönliches Limit. Noch nie hatte er länger gebraucht.

Vier Stunden später hatte er sie aufgespürt. In einer kleinen Espressobar in einer Seitenstraße nahe der

Zeil. Die Zeil – Einkaufsparadies für Arbeiter und Yuppies, von denen am Ende der Wirtschaftskrise sicherlich einige ihren Job in den großen Finanzkonzernen verloren hatten.

Sie saß an der Theke, trank Cappuccino und unterhielt sich mit der Bedienung – eine pummelige Italienerin, die deutsch mit südländischem Akzent sprach. Er brauchte das Foto nicht, um sie zu erkennen. Zu dem hübschen Gesicht gehörte ein attraktiver Körper, verpackt in ein leichtes Sommerkleid – hellgrün mit dunkelgrünem Muster – auf einer leicht gebräunten Haut. An den Füßen Sandalen. Das blonde Haar trug sie offen.

Die Glastüren der Bar waren zur Seite geschoben, um auch drinnen ein Gefühl von draußen zu erzeugen. Er setzte sich an einen Tisch vor der Bar, sodass er sie noch aus den Augenwinkeln sehen konnte, sie sich aber nicht beobachtet fühlte. Er bestellte einen Espresso, starrte auf die Straße und die vorbeifahrenden Autos, zupfte an seiner Jeans.

Mittagszeit. Ein paar junge Männer in Anzügen zogen diskutierend vorüber. Aktienkurse, Börsencrash. Es interessierte ihn nicht. Die Sonne strahlte von einem ausnahmslos blauen Himmel, ließ die Temperaturen über dreißig Grad ansteigen und die Luft flimmern. Ein paar Tauben spazierten auf dem Fußweg vor ihm, zu träge zum Gurren. In seinen Ohren hörte er hin und wieder Polinas fröhliches Lachen. Ein sanftes Lachen, das nicht im Hals kratzte, nicht laut war und doch so intensiv, dass er still lächeln musste.

Sie blieb fast eine Stunde. Er hatte seinen Espresso vor ihr bezahlt, war zu einem nahen Buchladen gegangen – verwundert und erfreut, dass es auch in dieser Metropole noch solche kleinen Läden gab. Er beobachtete sie vom Fenster aus, während er in einem ägyptischen Reiseführer blätterte.

Als sie die Bar verließ, folgte er ihr. Sie ging durch die belebte Fußgängerzone, Richtung Konstablerwache, bummelte an den Schaufenstern entlang, kaufte an einem Stand eine Schale Erdbeeren und in der Delikatessenabteilung des Kaufhofs eine Flasche Wein. Sie betrat keine der Boutiquen, was ihn einerseits verwunderte, andererseits erfreute. So blieb ihm das stundenlange Warten erspart, während sie ein Kleid nach dem anderen probierte.

An einer Eisdiele blieb sie stehen, zögerte, stellte sich dann in die Reihe. Er gesellte sich dazu. Eine Mutter mit Kind stand zwischen ihnen und doch konnte er den dezenten Duft ihres Parfums riechen. Der Duft passte zu ihr. Leicht, mit milder Süße. Das Kind begann zu quengeln, weil es ihm zu lange dauerte. Polina gab der Mutter mit Kind Vortritt. Jetzt stand er direkt hinter ihr, sah auf ihr blondes Haar, das sich sanft über ihren Nacken und ihre Schultern ergoss. Er sog ihren Duft ein und war versucht, sie zu berühren. Nur eine leichte, zufällige Berührung. Er widerstand.

Sie beachtete ihn nicht, konzentrierte sich voll und ganz auf die Auswahl in der Eistheke. Schokolade und Pistazie.

»Der Nächste.«

»Zabaione und Vanille, bitte.«

Noch einundvierzig Stunden, zwölf Minuten und siebzehn Sekunden.

Nachdem er das Eis gegessen hatte, ließ er sie allein weiterziehen. Er fuhr zu ihrem Haus, das etwas außerhalb, südlich des Mains, in Schwanheim lag. Keine schlechte Wohngegend. Eingemeindet vor etwas mehr als achtzig Jahren – 1928. Stefan spickte seine Informationen gern mit solchen Nichtigkeiten. Der kleine Ort bemühte sich, trotz Eingemeindung seinen dörflichen Charakter zu erhalten. So gab es also auch eine idyllische Seite in Frankfurt.

Sie besaß ein eigenes Haus, obwohl sie noch so jung war. Er fragte sich, woher sie das Geld hatte. Von ihren Eltern? Eine vorteilhafte Scheidung? Ein Lottogewinn?

Das Haus lag günstig für sein Vorhaben. Etwas zurückgesetzt von der Straße. Ein kleiner Zaun, dichte Hecken, zwei kleine Obstbäume links, eine knorrige, alte Eiche rechts in der Ecke ihres Gartens. Sie hatte keine Garage, nur einen einfachen Carport, eigentlich nur ein Dach ohne Wände. Das Haus war nicht groß, für eine Person bot es dennoch zu viel Platz. Er wusste, dass sie allein wohnte. Das stand ebenfalls in den Informationen, die er von Stefan bekommen hatte. In einem unbeobachteten Moment ging er zur Haustür, nahm ein Taschentuch, legte es über den Finger und klingelte. Im Haus blieb alles still. Sie hatte nicht einmal einen Hund. Hatte sie keine Angst so allein? Dieses unbekümmerte Lächeln. Anscheinend war ihr noch nie etwas Schlimmes passiert.

Dreiunddreißig Stunden, zwei Minuten und achtundzwanzig Sekunden. Sie kam nach Hause, stellte den Wagen – einen roten Clio – unter den Carport und schlenderte zur Haustür. Langsam, ohne Eile. Das Schlendern hatte etwas Verträumtes, Versunkenes. Wie wäre es, den Arm um ihre Taille zu legen und neben ihr zur Tür zu schlendern?

Bevor sie hineinging, sah sie sich noch einmal um, als warte sie auf jemanden. Er blieb in seinem Versteck. Sie konnte ihn nicht sehen, es war zu dunkel. Dann verschwand sie hinter der Tür.

Der Gedanke, sie zu berühren, verursachte ein unerwartetes Pulsieren in seinen Lenden. Noch immer sah er den sanften Schwung ihrer Hüften. Er überlegte kurz, Handschuhe und Maske aus dem Kofferraum zu holen und zu ihr zu gehen. Er könnte sie sich einfach nehmen. Er atmete tief durch, ließ Handschuhe und Maske wo sie waren, und fuhr zurück in seine Absteige. Ihm blieben noch mehr als zweiunddreißig Stunden.

Er hatte geduscht, lag nackt auf dem Bett und holte sich ihren Duft in Erinnerung. Ihr Foto stand auf dem Nachttisch. Er strich über ihre Lippen, sah ihren zarten Hals vor sich. Die blinkende Leuchtreklame des Clubs gegenüber seiner Herberge tauchte das

Zimmer abwechselnd in Dunkelheit und rotes Licht. Seine Hand legte sich auf seine Genitalien. Er schloss die Augen, verstärkte den Druck.

Mit einem Taschentuch wischte er das Sperma von seinem Bauch.

Trotz seiner Selbstbehandlung hatte er von ihr geträumt und musste morgens kalt duschen. In einem Café im Hauptbahnhof trank er einen Espresso und aß ein Nusshörnchen. Es war noch früh. Aus den Unterlagen wusste er, dass sie keine Frühaufsteherin war. Er hatte Zeit. Er wollte nichts überstürzen. Manchmal kam ein Anruf, um eine Aktion abzubrechen. Er sah auf sein Handy. Kein Anruf. Noch fünfundzwanzig Stunden, neunzehn Minuten und exakt dreißig Sekunden.

Er fuhr über das Niederräder Ufer, vorbei an den Universitätskliniken, nach Schwanheim. Um halb neun parkte er den Wagen in der Straße, in der sie wohnte, beobachtete aus sicherer Entfernung durch die Windschutzscheibe das kleine Haus.

Eine halbe Stunde später öffnete sich die Tür. Wieder ging sie langsam zu ihrem roten Clio, blieb neben dem Auto stehen und wartete. Worauf wartete sie? Sie drehte den Kopf. Langsam, suchend. Sah in seine Richtung. Schnell wandte er den Blick ab. Nicht schnell genug. Sein Pulsschlag raste in die Höhe, hämmerte in seinem Hals. Schweiß auf der Stirn. Sie hatte ihn angesehen. Er war sich sicher, dass sie ihn angesehen hatte. Wie konnte er nur so unvorsichtig sein? Verdammt, er war ein Profi!

Sie fuhr nicht in die Innenstadt, sondern umging das Zentrum, indem sie die Autobahn benutzte. Am Nordwestkreuz wechselte sie auf die A 66. Wenig später verließ sie die Autobahn, fuhr weiter Richtung Westend. Er folgte ihr, bis sie den Wagen auf den Parkplatz eines Ärztehauses inmitten eines Wohngebietes lenkte. Er parkte in einiger Entfernung in derselben Straße und ging zu Fuß zurück zu dem Haus. Er ging nicht hinein, studierte lediglich die Messingschilder am Eingang: ein Gynäkologe, zwei praktische Ärzte in einer Gemeinschaftspraxis, ein Heilpraktiker.

Als er zu seinem Wagen zurückkehrte, stand ein alter Mann mit Stock und Yorkshire Terrier vor seinem Auto. Er hasste diese kleinen Ratten, die sich als Hunde ausgaben. Wenigstens hatte dieser kein Schleifchen im Fell.

»Sie dürfen hier nicht parken.«

»Musste nur was abgeben«, murmelte er.

»Sie dürfen hier nicht parken«, beharrte der Alte.

»Ich fahr ja auch gleich weiter.«

»Aber so geht das nicht …«

Sein wütender Blick brachte den Alten erschreckt zum Schweigen. Er hatte nicht übel Lust, ihm seine Faust ins Gebiss zu schlagen. Aber er konnte sich keine Aufmerksamkeit leisten. Er stieg ins Auto und fuhr ein Stück weiter, wartete darauf, dass sie das Gebäude wieder verließ.

Noch einundzwanzig Stunden, vierundvierzig Minuten und zwei Sekunden. Sie fuhr Richtung Innenstadt und ging in die Espressobar, in der sie auch schon am Tag zuvor einen Cappuccino getrunken hatte. Er wartete eine Weile, dann setzte er sich an einen der Tische vor der Bar, bestellte wieder einen Espresso. Dieses Mal saß er auf der anderen Seite, der Theke halb zugewandt. Sie beachtete ihn nicht eine Sekunde, redete und scherzte mit der italienischen Kellnerin. Er hatte Zeit ihren Körper durch die Gläser seiner Sonnenbrille in aller Ruhe zu studieren.

Sie trug wieder das grüne Kleid. Das gefiel ihm. Er mochte Frauen nicht, die jeden Tag ihre Kleidung wechselten. Andererseits hätte er sie gern einmal in hautengen Jeans und einem kurzen Top gesehen. Am Nachbartisch saß ein junges Pärchen und diskutierte. Anscheinend war er zu nett zu ihrer Freundin gewesen. Der Übeltäter versuchte sie zu beruhigen, indem er ihr sagte, wie schön sie war.

Er sah wieder zu Polina. Polina war schön. Atemberaubend schön. Er spielte mit dem Gedanken, zu ihr zu gehen und sie anzusprechen.

»Hallo, ich heiße Marcel.«

»Marcel«, würde sie seinen Namen wiederholen und ihm dabei in die Augen sehen. Das »r« sanft und kehlig gerollt, während das »cel« zärtlich über ihre Zunge glitt.

Marcel war nicht sein richtiger Name. Den hatte er schon vor Jahren abgelegt. Noch bevor er richtig im Geschäft war. Seinen richtigen Namen gab es nicht mehr, hatte aufgehört zu existieren, wie alles, was vorher war. Marcel hatte er sich selbst ausgesucht. Ein Name, dessen Herkunft nicht genau bestimmt war. Irgendwo hatte er gelesen, dass es die französische Form des lateinischen Namens Marcellus sei. Es war ihm egal. Marcel klang sanftmütig, friedlich, harmlos. Genau das, was er nicht war.

Er sprach sie nicht an. Als sie zur Toilette ging, gab er sich kurz seiner Fantasie hin und stellte sich vor, wie es wäre, ihr zu folgen. Wenn sie aus der Toilette kam, sie wieder zurückzudrängen, ihr Kleid hochzuschieben, sie zu berühren, ihr Zittern und ihren heißen Atem auf seiner Haut zu spüren. Er bestellte einen zweiten Espresso und sehnte sich nach einer Zigarette, obwohl er nicht rauchte. Zigaretten waren verräterisch, der rauchgeschwängerte Atem, die Asche, der Filter.

Er sah auf die Uhr, als sie die Bar verließ. Achtzehn Stunden, siebenundfünfzig Minuten, vierzehn Sekunden. Kein Stress. Er konnte warten. Vielleicht kam noch ein Anruf. Sein Handy schwieg beharrlich.

Sie hatte den Nachmittag wieder mit einem Bummel durch die Fußgängerzone verbracht, dann hatte sie die Zeil hinter sich gelassen und war über Seitenstraßen zur Alten Brücke gegangen. Sie hatte lange auf der Alten Brücke gestanden und auf das Wasser gestarrt, während hinter ihr der Verkehr donnernd über den Asphalt rollte. Sie hatte kein Auge für das wunderbare Bild, das sich ihr bot, wie sich die Kuppel des Kaiserdoms St. Bartholomäus mächtig über die Altstadt in den blauen Himmel erhob, stattdessen starrte sie nur stumm aufs Wasser. Die Alte Brücke – im Mittelalter Hinrichtungsstätte: Ertränken, Erhängen, Enthaupten. Er schüttelte den Kopf. Die Zeiten heute waren besser. Sauberer.

Am Abend traf sie sich zum Essen mit Freunden in Sachsenhausen. *Zum gemalten Haus* hieß das Restaurant, dessen Wände innen und außen mit bunten Malereien verziert waren. Von seinem Platz im Innenhof des Lokals sah er auf das Bild eines Obstbaumes, dessen Äpfel geerntet wurden. Ihm gefiel dieser gemütliche Platz inmitten der Geldmetropole. Sie saß drei Tische entfernt, mit dem Rücken zu ihm. Er bestellte Rinderbrust mit Grüner Soße und fragte sich, ob sie ihn immer noch nicht bemerkt hatte oder eine verdammt gute Schauspielerin war. Vielleicht hielt sie ihn für einen Stalker und versuchte, ihn durch Ignoranz abzuschütteln. Damit hätte sie ihn unterschätzt.

Nach dem Essen und zwei Gläsern Apfelwein – Ebbelwoi oder Stöffsche, wie die Leute hier sagten – war sie nach Hause gefahren, in ihr einsames Haus. Er hatte gewartet, bis alle Lichter hinter den Vorhängen erloschen waren, dann war er wieder in die Stadt gefahren. Er parkte den Wagen, ging an den Main und suchte sich eine freie Bank. Er hörte das leise Plätschern des Wassers vor sich und das stetige Rauschen des Verkehrs hinter ihm. Späte Spaziergänger kamen vereinzelt, mal als Pärchen, mal als kleine, gut gelaunte Gruppe an ihm vorbei.

Frankfurt. Er war lange nicht in Frankfurt gewesen. Er mochte Großstädte nicht. Ihm war die Einsamkeit der Küste lieber. Er sehnte sich nach seinem kleinen Haus in Thailand. Khao Lak. Vor ein paar Jahren hätte ihn der Tsunami fast das Leben gekostet. Im darauffolgenden Jahr hatte er mehr Aufträge annehmen müssen, als gewöhnlich, um seinen Lebensstandard wieder herzustellen. Jetzt hatte sich sein Arbeitspensum wieder auf einem normalen Level eingespielt. Zwei, maximal drei Aufträge pro Jahr reichten. Bei besonders heiklen Angelegenheiten war er auch schon mit einem Auftrag bei seinem finanziellen Soll angekommen. Dieser Auftrag war so einer, dabei schien er ganz einfach. Er hätte längst erledigt sein können.

Aber er war noch nicht so weit.

Wer steckte hinter diesem Auftrag? Er wusste es nicht. Er wusste nie etwas über seine Auftraggeber. Fragte nie nach einem Grund. Das hätte ihn zum Richter gemacht – schuldig oder nicht schuldig. Es ging ihn nichts an. Er führte seinen Auftrag aus und kassierte. Mehr gab es nicht. Und doch fragte er sich jetzt: Warum diese Frau?

Es war fast Mitternacht. Er hatte noch neun Stunden, vier Minuten und siebzehn Sekunden.

Er fuhr in seine Absteige und fand keinen Schlaf. Ihre Augen ließen ihm keine Ruhe. Er legte das Foto mit dem Bild nach unten auf den Nachttisch, aber noch immer sah er sie vor sich. Sein Körper drohte zu explodieren, so stark war seine Erektion. Eine kühle Brise wehte mit dem Straßenlärm durch das offene Fenster und er meinte, ihr Parfum zu riechen. Wenn er jetzt zu ihr führe. Es wäre kein Problem für ihn, in das Haus einzusteigen. Er sah sie in ihrem Schlafzimmer liegen, in ihrem Bett. Wie sie sich erschreckt die Decke vor ihren Körper hielt und ihn mit ihren blauen Augen ängstlich ansah. Er würde lächeln – ein unmissverständliches Lächeln –, die Decke zur Seite ziehen und sich zu ihr setzen. Seine Hand würde in ihre Haare greifen, fest, aber nicht brutal, ihren Kopf ein Stück in den Nacken ziehen. Er würde sie küssen, ihre Lippen, den Hals entlang zu ihren kleinen, festen Brüsten. Sie hätte Angst, sicherlich hätte sie Angst, aber nicht nur. Er würde sie streicheln, zart und fordernd, bis sie weicher würde, sich ergab, sich ihm hingab, bis sie bebte, nicht vor Angst, sondern vor Begehren.

Fast hätte er geschrien, als er kam.

Er beseitigte die helle Flüssigkeit von seinem Körper, nahm das Handy. Keine Nachricht. Warum hatte er diesen verdammten Auftrag angenommen?

»Verflucht, sag ab, du Arsch!«

Er schlief schlecht, duschte morgens wieder kalt, setzte sich mit einem Handtuch um die Hüften aufs Bett. Er spielte abwechselnd mit der Beretta und der SIG Sauer, entschied sich schließlich für die SIG. Sie lag besser in der Hand. Obwohl es wieder ein warmer Sommertag werden würde, zog er eine dunkle Jeans und ein schwarzes Shirt an. Handschuhe, Maske, Pistole verschwanden in einem Beutel. Eine Stunde, siebenunddreißig Minuten, einundfünfzig Sekunden.

Er frühstückte in einer Bäckerei, vergeudetes Geld, er hätte genauso gut ein Stück Papier essen und ein Glas Leitungswasser trinken können. Er war mit den Gedanken viel zu weit weg, um irgendetwas zu schmecken.

Er fuhr zu ihrem Haus, parkte den Wagen zwei Straßen weiter und suchte sich einen geschützten Platz. Die Eiche in ihrem Garten war ideal. Er hatte freie Sicht auf ihre Haustür und den Carport, aber war außerhalb der Sichtweite ihrer Nachbarn. Er trug die Maske, die nur zwei schmale Sehschlitze besaß, und die Handschuhe. In der Rechten die SIG. Ein dunkler Schatten. Mehr nicht.

Noch drei Minuten, vierzehn Sekunden. Wenn sie nicht herauskam, was würde er tun? Achtundvierzig Stunden, noch nie hatte er länger gebraucht. Man konnte sich auf ihn verlassen. Deswegen riefen sie ihn an. Er drehte den Schalldämpfer auf die SIG.

Die Haustür wurde geöffnet. Sie kam heraus. Trug Jeans und ein knappes Bustier. Die Haare zu einem losen Zopf zusammengebunden. Sein Herz machte Anstalten, stehen zu bleiben. Nimm sie! Versteck sie in deinem Haus! Sie schlenderte zu ihrem Wagen, wie am Tag zuvor. Langsam, konzentriert. Einen Schritt vor den anderen.

Er atmete tief durch, brachte die Waffe in Anschlag. Sah ihr hübsches Gesicht. Ernst. Sanft. Traurig. Als wüsste sie, was ihr bevorstand. Er zögerte.

Zehn Sekunden über null. Noch nie hatte er gezögert. Er sah ihr Gesicht. Ihr wunderschönes Gesicht, das er vor achtundvierzig Stunden und inzwischen zwanzig Sekunden zum ersten Mal gesehen hatte. Sie war bei ihrem Auto angekommen. Drückte auf den Schlüssel, der die Türen automatisch entriegelte. Sie blieb neben dem Wagen stehen. Sah sich um. Dreißig Sekunden über null.

Er schwitzte.

Jetzt! JETZT!

Er hatte keine Zeit mehr!

Langsam drehte sie sich wieder herum. Als sie frontal in seine Richtung stand, drückte er ab. Er traf sie mitten ins Herz.

Eine Stunde und sieben Minuten über null. Er saß in der Espressobar, in der er schon die zwei Tage zuvor Espresso getrunken hatte. Während er auf seine Bestellung wartete, wählte er Stefans Nummer.

»Dein Anruf kommt spät«, meldete sich Stefan nach dem zweiten Freizeichen.

»Sie war schön.«

»Sie hatte AIDS.«

Er dachte an die vergangenen achtundvierzig Stunden. Er sah ihren Körper vor sich, ihren makellosen, wundervollen Körper. Ihre leuchtenden blauen

Augen, voller Lebensfreude und prickelnder Erotik. Für einen kurzen Augenblick wurde ihm schwindelig. Es gab Mittel. Es gab Wege. Er legte eine Hand über die Augen, stöhnte tonlos auf. *Adiós, guapa.* Lebewohl, meine Schöne.

»Sie wollte, dass man sie so in Erinnerung behält, wie sie war«, meinte Stefan erklären zu müssen.

Er schwieg.

»Das Geld ist unterwegs.« Stefan hatte aufgelegt.

Seine Hand sank kraftlos auf die Lehne. Die Bedienung kam zu ihm und stellte seinen Espresso auf den Tisch.

»Schlechte Nachrichten?«, fragte sie.

Er zuckte die Achseln.

»Sie waren gestern schon hier. Arbeiten Sie in der Gegend?«

»Was bekommen Sie?«

Er zahlte, trank den heißen Espresso auf Ex, ohne Zucker. Dann ging er zu seinem Mietwagen, fuhr über den Zubringer zur Autobahn. Im Rückspiegel sah er im Mittagslicht, wie die Skyline des Frankfurter Bankenviertels und des Maintowers kleiner und kleiner wurde und schließlich verschwand.

Mit Herrn Samir begann meine
»kriminelle Laufbahn« ...

Der Kurzkrimi »Herr Samir« war zwar nicht meine erste Kurzgeschichte, aber es war der erste Kurzkrimi, den ich verfasst habe. Daher darf er in dieser Sammlung natürlich nicht fehlen.

Den Krimi schrieb ich damals als Beitrag zu einem Wettbewerb, der unter dem Thema »Rote Schuhe« von der Assoziation der Literaturfreunde der Algarve (ALFA) ausgeschrieben worden war. Ich schaffte es in die Endauswahl und »Herr Samir« wurde somit nicht nur mein erstgeschriebener, sondern auch mein erstveröffentlichter Kurzkrimi. 2006 erschien er in der Krimisammlung »Rote Schuhe« (Herausgeberin Barbara Fellgiebel).

Im Rahmen der Preisverleihung mit Buchpräsentation, die im sonnigen Alcantarilha an der Algarve stattfand, absolvierte ich damals auch meine erste öffentliche Lesung. Seither folgten zahlreiche weitere Kurzkrimis, Kriminalromane und Lesungen an vielen schönen Orten.

HERR SAMIR

Herr Samir war ein seltsamer Mensch. Er lebte in der Wohnung unter uns und war mir vom ersten Tag an, wie man so schön sagt, suspekt.

Es begann damit, dass wir aus seiner Wohnung immer wieder Geräusche hörten, die darauf hindeuteten, dass er Holz zersägte, gefolgt von stetigem Hämmern und Hobeln. Als wir in die Wohnung einzogen, schlossen wir aus diesen Klängen, dass er seine Wohnung renovierte. Vielleicht legte er Parkettboden aus oder vertäfelte die Zimmerdecke. Mittlerweile wohnten wir drei Jahre in diesem Haus und noch immer sägte und hobelte und hämmerte es aus Herrn Samirs Wohnung.

Bemerkenswert war auch, dass wir in all den Jahren noch nie gesehen haben, wie das Resultat seiner Arbeit seine Wohnung verließ. Dies veranlasste mich zu der Vermutung, dass er es entweder heimlich in der Nacht herausschaffte, oder aber ... Ja, welche Alternative gab es?

Wir, das waren übrigens meine Freundin Jutta Heinrich und ich, Clarissa König. Wir bewohnten gemeinsam eine gemütliche Dachgeschosswohnung des Hauses am Rande eines Münsteraner Vorortes.

Was Herrn Samir außerdem so seltsam machte, war die Tatsache, dass er, wenn er mit jemandem sprach, mit seinem Gesicht dem anderen ganz nahe kam. Seine Stimme: ein heiseres Flüstern. Wahrscheinlich wollte er damit seine Gesprächspartner einschüchtern, vermutete ich. Die paar Male, die er mich ansprach, war es ihm jedenfalls gelungen. Es kam stets so unerwartet, dass ich, wenn sein faltiges, von dünnem grauem Haar umrahmtes Gesicht nur wenige Zentimeter von meinem entfernt auftauchte, jedes Mal erschreckt zurückwich. Es schien ihn nicht zu irritieren. Wie eine Schildkröte, die den Kopf aus ihrem Panzer streckte, folgte sein Kopf meiner Rückwärtsbewegung und somit verringerte sich der Abstand zwischen unseren Gesichtern nicht.

Ich brauche meinen Freiraum, und dieses aggressive Durchdringen und Ignorieren meiner Privatsphäre veranlasste mich dazu, ihm so weit wie möglich aus dem Weg zu gehen. Kam ich zum Beispiel abends nach Hause, betrat den Hausflur und hörte ihn die Treppe herunterkommen, verließ ich das Haus eiligst wieder, lief in eine unbestimmte Richtung und wartete, bis ich sicher sein konnte, dass ich ihm nicht begegnen würde.

Einmal machte ich den Fehler und ging, anstatt nach draußen, in den Keller. Ich stand noch unentschlossen vor dem Fahrradkeller, als plötzlich sein Gesicht direkt vor mir auftauchte und mir sein Atem ein »Guten Abend, Fräulein König« entgegenhauchte. Ich schrie vor Schreck laut auf und stürzte wortlos an ihm vorbei die Treppe hinauf zu unserer Wohnung.

Das Haus, in dem wir wohnten, grenzte an Felder und Wiesen, etwas weiter entfernt waren ein paar kleine Waldstücke. Häufig sah man Herrn Samir, die Hände auf dem Rücken verschränkt, eiligen Schrittes die Landwirtschaftswege entlang gehen. Manchmal hatte ich den Eindruck, als wolle er mittels seiner Schrittlänge eine Entfernung vermessen.

Er war immer allein, nie habe ich ihn in Begleitung eines anderen Menschen gesehen. Ja, bis auf einmal, das war vor zwei Wochen, da war ein junger Mann bei ihm. Ich konnte mir nicht vorstellen, dass Herr Samir einen Sohn hatte und stellte mir kurz die Frage, wer dieser Mann war. Wer würde sich freiwillig in die Nähe eines so seltsamen Menschen begeben?

Es war ein Dienstagabend, als ich von der Arbeit nach Hause kam und ein Polizeiauto vor unserem Haus stand. Das war spannend. Neugierig betrat ich das Treppenhaus. Aus der mittleren Etage hörte ich laute Stimmen und Gerumpel, dann kam ein Polizist herunter, gefolgt von Herrn Samir, der in Handschellen von einem anderen Uniformierten abgeführt wurde.

Hatte ich es doch gewusst! Mit unserem Nachbarn stimmte etwas nicht. Ich wich einen Schritt zur Seite, um die Gesetzeshüter an mir vorbeizulassen. In dem Augenblick, als Herr Samir an mir vorbeikam, schnellte sein Gesicht zu mir hervor und er raunte mir heiser »Die roten Schuhe!« entgegen.

In gewohntem Reflex wich ich vor ihm zurück, stieß mit Kopf und Ferse gegen die Tür, die daraufhin krachend gegen die Wand schlug. Seine grauen Augen starrten mich hinter den dicken Brillengläsern weit aufgerissen an – es lag etwas Gefährliches, ja, vielleicht sogar Irres in diesem Blick.

Der Polizist murmelte ein »'tschuldigung«, packte Herrn Samir am Arm und dirigierte ihn zu seinem Streifenwagen.

Mein Herz schlug bis zum Hals. Was wollte dieser gestörte Mensch von mir? Warum hatte man ihn eigentlich verhaftet? Und wieso raunte er mir eine Bemerkung über »rote Schuhe« entgegen?

Ich beobachtete, wie Herr Samir auf die Rückbank des Polizeiwagens verfrachtet wurde und das Auto davonfuhr. Dann stürmte ich eilig die Treppen hinauf – immer zwei Stufen auf einmal nehmend. Ich musste unbedingt mit Jutta reden. Vielleicht wusste sie, was passiert war.

Jutta stand in der Küche und sah aus dem Fenster.

»Sie haben ihn geholt«, erklärte sie mir überflüssigerweise.

»Was hat er verbrochen?«

»Die suchen den Mörder von der Frau, die sie vor vier Wochen in diesem kleinen Waldstück gefunden haben.« Sie machte eine nachdenkliche Pause, holte tief Luft, bevor sie weitersprach: »Die Polizei verdächtigt ihn, die Frau umgebracht und verscharrt zu haben. Ich habe es gehört, als sie ihn verhaftet haben.«

Ich bekam eine Gänsehaut und setzte mich heftig atmend an unseren Küchentisch. Mit Grausen dachte ich an die Zeitungsmeldung. Eine Frau war tot nicht weit von unserem Haus entfernt in einem der kleinen Waldstücke gefunden worden. Angeblich hatte man die Leiche in einer zugenagelten Kiste in einem Erdloch entdeckt. Es kursierten die schrecklichsten Gerüchte.

»Ein Mörder. Ich hab immer gewusst, dass der nicht richtig tickt.« Das Sägen, Hämmern, Hobeln fiel mir wieder ein. »Ob er die Leiche erst zerstückelt hat?«

Jutta drehte sich zu mir um, sie war kreidebleich. »Was sagst du da?«

»Na ja, denk doch mal nach ... diese Geräusche ständig aus seiner Wohnung.«

»Denkst du, sie war nicht sein erstes Opfer?« Meine Freundin bekam große Augen.

Ich zuckte vage mit den Achseln.

Wir sahen uns wissend an. Jahrelang hatten wir quasi Tür an Tür mit einem Serienmörder gelebt! Ein Frauenmörder! Das verlangte nach etwas Kräftigem. Ich holte die Flasche Talisker aus unserer kleinen Bar, stellte zwei Whiskygläser auf den Tisch und füllte sie mit der goldbraunen Flüssigkeit. Es war ein guter Single Malt Scotch Whisky, zehn Jahre in Eichenfässern auf der Insel Skye gelagert, kein billiger Verschnitt aus dem Supermarkt. Rau und torfig. Und dies war der richtige Moment, ihn zu trinken.

»Vielleicht hat er in seiner Wohnung Särge gezimmert, in denen er seine Opfer legte und dann lebendig vergrub«, überlegte Jutta nachdem wir einander zugeprostet hatten. Das kräftige Aroma des Malts breitete sich in meinem Gaumen aus, zog wärmend durch meine Kehle in meinen Magen und hinterließ eine angnehme rauchige Note.

»Er hat etwas zu mir gesagt, als sie ihn abgeführt haben«, berichtete ich mit Grabesstimme, die Dank des starken Whiskys die richtige Melodramatik bekam.

Jutta sah mich gespannt an.

Ich beugte mich über den Tisch und flüsterte: »Die roten Schuhe!«

Ich trank noch einen Schluck Whisky, lehnte mich zurück und stellte das Glas mit einem kräftigen »Klack« auf den Tisch.

»Die roten Schuhe?«

»Ja«, nickte ich ernst, mit zusammengezogenen Augenbrauen. Es gab ein Geheimnis, das er mir noch in letzter Sekunde verraten hatte, und womöglich brachte mich das jetzt in Lebensgefahr!

Jutta füllte erneut unsere Gläser. »Wir müssen herausfinden, was er damit gemeint hat.«

Wir diskutierten eine Weile, was zu tun wäre, und sahen nur eine Möglichkeit: Wir mussten in seine Wohnung, dort würden wir einen Hinweis finden. Ein riskanter Plan, der nach weiterem Whisky verlangte.

Es war bereits dunkel und wir reichlich angesäuselt, als wir die Treppen zu seiner Wohnung hinunterstiegen. Die Tür war versiegelt. Jutta fluchte. Ein Siegel aufbrechen? Das verstieß eindeutig gegen bestehende Gesetze. Vielleicht würde man uns dafür einsperren.

Wir setzten uns auf die Treppenstufen und beratschlagten leise, welche Alternative wir hatten, als eine weitere Hausbewohnerin durch den Flur kam. Frau Wessels-Schmidt, sie war frisch geschieden, Mitte vierzig und wohnte erst seit kurzem in unserem Haus.

»Nanu? Was macht ihr hier? Habt ihr euch ausgesperrt?«, begrüßte sie uns verwundert. Die blonde Kurzhaarfrisur war adrett frisiert und auch ihr Makeup wirkte wie frisch aufgelegt, bemerkte ich im fahlen Schein der Treppenhausbeleuchtung.

»Nein, nein. Herr Samir ist heute verhaftet worden«, antwortete ich eilig, als ob das unsere nächtliche Sitzblockade im Treppenhaus erklärte.

»Ach?« Sie zog die Stirn in Falten, es schien sie nicht zu überraschen. Sie öffnete ihre Wohnungstür. Ein Lichtstrahl erhellte vom Treppenhaus ihren Flur. Mir stockte der Atem. Sie drehte sich noch einmal zu uns um.

»Wollt ihr noch mit reinkommen?«

Jutta war schon fast aufgesprungen, als ich sie mit einem unbemerkten Stoß in die Rippen zurückhielt.

»Nein, danke. Es ist schon spät. Wir gehen jetzt auch mal besser in unsere Wohnung.«

Ich zog Jutta hinter mir her.

»Hey, was ist denn los? Die wohnt direkt neben dem Mörder. Vielleicht hätte die uns was erzählen können!«, beschwerte sich Jutta, als wir wieder in unserer Küche saßen.

»In ihrem Flur standen rote Schuhe!«, zischte ich.

»Ja, und? Was ist damit?«

»Das weiß ich nicht. Aber ... rote Schuhe!«

Wir überlegten.

»Vielleicht war es eine Drohung?«, dachte ich laut über Herrn Samirs Worte nach. Im Dunst des Alkohols meinte ich, unseren Nachbarn direkt vor mir zu sehen. Ich sah seine wirren Augen vor mir, das irre Funkeln hinter den Brillengläsern, und plötzlich war ich mir ganz sicher: »Wenn die Polizei ihn laufen lässt, ist sie die nächste. Er dreht durch, wenn er rote Schuhe sieht! Wir müssen sie warnen!«

Wir eilten zurück ins Treppenhaus. In der Sorge um das Leben von Frau Wessels-Schmid, fanden wir keine Zeit, die Beleuchtung einzuschalten, schlichen mit angehaltenem Atem die Stufen hinab, als erwarteten wir, Herrn Samir am nächsten Treppenabsatz mit Hammer und Säge gegenüberzustehen.

Als wir jedoch um den letzten Treppenabsatz bogen, sahen wir nicht den mutmaßlichen Mörder sondern unsere Nachbarin im dunklen Flur hantieren. Sie machte sich an der Tür zu Herrn Samirs Wohnung zu schaffen. Neben ihr stand ein Paar roter Stöckelschuhe. Ich hatte sie noch nie in diesen Dingern laufen gesehen.

Was hatte sie vor? Sie hatte uns noch nicht bemerkt. Gebannt beobachteten wir das Geschehen. Sie versuchte, das Siegel zu lösen ohne es zu zerstören, was ihr nicht gelang. Schließlich gab sie diesen Versuch auf, nahm die Schuhe und schlich die Treppe hinunter in den Keller. Auf Zehenspitzen folgten wir ihr. Im Keller war es noch dunkler als im Treppenhaus. Vorsichtig sahen wir uns um. Frau Wessels-Schmidt stand vor Herrn Samirs Keller, öffnete mit etwas Mühe die Tür und huschte hinein.

»Ich hab's!«, zischte Jutta mir ins Ohr. »Der Samir dreht nicht durch, sondern sie! Sie ist die Mörderin und will es Herrn Samir in die Schuhe schieben.«

Welch eine treffende Bemerkung kam da von meiner Mitbewohnerin. Woher sie allerdings die plötzliche Erkenntnis hatte, dass die Wessels-Schmidt eine Mörderin war, ist mir noch heute ein Rätsel. Mit wenigen Schritten rannte sie zu der Kellertür und hielt sie zu. Von Innen hörte man unsere Nachbarin laut fluchen.

»Ruf die Polizei!«, schrie Jutta.

Mein Herz raste. Wie gelähmt stand ich im dunklen Flur und sah, wie meine Freundin sich an den Türknauf klammerte. Im nächsten Augenblick öffnete sich die Tür mit einem heftigen Ruck und Jutta wurde in den Keller gezogen. Sie kreischte laut auf. Endlich erwachte ich aus meiner Starre und eilte ihr zu Hilfe. Gemeinsam gelang es uns, die Wessels-Schmid zu überwältigen.

»Ihr könnt mir gar nichts beweisen! Der Samir ist bekloppt. Den sperren sie in die Psychiatrische, und da ist er gut aufgehoben.«

»Geben Sie es zu: Sie haben die Frau umgebracht!«, forderte Jutta aufgebracht und wirkte dabei wie das weibliche Pendant zu Sherlock Holmes.

»Die hatte es verdient, mit ihren nuttigen, roten Schuhen. Genauso eine Schlampe, wie die, die mir meinen Mann ausgespannt hat.«

Was sollten wir tun? Diese Frau war offensichtlich verwirrt, wütend und gewalttätig. Und sie war unerwartet stark. Wir hatten sie zwar überwältigt, aber allein wurde keine von uns beiden mit ihr fertig. Wie sollten wir die Polizei rufen?

Zum Glück mussten wir nicht lange darüber nachdenken. Der Lärm, den unsere Aktion verursacht hatte, hatte das ganze Haus alarmiert. Einige Hausbewohner kamen mit Morgenmantel oder Jogginganzug in den Keller, um zu sehen, was da los war. Herr Petersen, aus dem Erdgeschoss, rief die Polizei.

Frau Wessels-Schmidt wurde verhaftet. Tatsächlich hatte Jutta die richtige Eingebung gehabt. Der toten Frau, die man gefunden hatte, fehlten die Schuhe. Es waren die roten Schuhe, die ich durch einen Zufall im Flur unserer Nachbarin gesehen hatte, und die sie in Herrn Samirs Keller hatte schmuggeln wollen. Sie hatte auch die Polizei mit einem anonymen Hinweis auf seine Spur gebracht. Herr Samir wiederum hatte sie in der Mordnacht beobachtet, als sie mit den Schuhen nach Hause kam, aber die Polizei wollte ihm die Geschichte nicht glauben.

Jutta und ich wurden gelobt und gleichzeitig getadelt für unseren unüberlegten Einsatz, und Herr Samir kam am nächsten Tag wieder nach Hause. Das vertraute Sägen, Hämmern und Hobeln setzte wieder ein.

Eine Woche nach unserem Abenteuer gelang es Herrn Samir, mich im Treppenhaus abzupassen. Er musste hinter seiner Wohnungstür auf meine Heimkehr gelauert haben. Als ich gerade die letzte Treppenstufe zu seiner Etage erreicht hatte, öffnete er die Tür und sein Kopf schnellte hervor. Ich konnte ihm nicht mehr ausweichen und wäre bei meinem Zurückschrecken um ein Haar die Treppe hinuntergestürzt.

Er streckte mir eine kleine Holzkiste entgegen. Sie hatte die Größe eines Schuhkartons und war anscheinend selbstgezimmert. Eine Gänsehaut kroch über meine Arme und meinen Nacken. Herr Samirs Gesicht kam mir unangenehm nah.

»Für Sie, Fräulein König«, krächzte er.

Ein weiterer Mann erschien hinter ihm. Ich erkannte ihn wieder: Es war der junge Mann, den ich vor wenigen Wochen mit ihm zusammen beim Spazierengehen beobachtet hatte.

»Es ist ein Geschenk. Herr Samir ist Ihnen dankbar für Ihre Hilfe«, erklärte er mir, und nachdem ich immer noch sehr misstrauisch von einem zum anderen sah, fügte er hinzu: »Mein Onkel sieht schlecht und das Sprechen fällt ihm schwer.«

Mein Onkel – ich hatte doch gewusst, dass Herr Samir keinen Sohn hat. Mein Onkel sieht schlecht. Natürlich, bei den Panzergläsern in seinem Brillengestell war das ja offensichtlich.

Ich nickte sprachlos, nahm die Holzkiste und lächelte Herrn Samir unsicher an. Mit einem Mal kam mir sein Verhalten gar nicht mehr so seltsam vor, und ich verspürte ein kleines bisschen Scham für die Vorbehalte, die ich ihm gegenüber hatte.

»Vielen Dank.«

Ich ging in meine Wohnung und stellte die Box auf den Tisch. Ich wollte sie erst öffnen, wenn Jutta zu Hause war. Neben die Box stellte ich zwei Whiskygläser und die Flasche des torfigen Talisker.

Spät am Abend, wir hatten dem Whisky bereits reichlich zugesprochen, schoben wir die Holzkiste in die Mitte des Tisches. Noch immer war da ein leichtes Unbehagen. Was mochte wohl in der Kiste sein? Bei Kerzenschein, mit klammen Fingern und angehaltenem Atem hoben wir vorsichtig den Deckel von der Box.

Im nächsten Augenblick brachen wir in schallendes Gelächter aus.

In der Box waren ein Paar handgefertigte Holzschuhe. Clogs, wie man sie aus den Niederlanden kennt. Rot lackiert.

VERKOSTUNGSANLEITUNG - WHISKY

Einen guten Whisky kippt man natürlich nicht einfach in sich hinein. Whisky ist ein Genussgetränk. Um diesen in all seiner Bandbreite zu genießen, empfehle ich den klassischen »Whisky-Vierkampf«. Verwenden Sie dazu ein sogenanntes »Nosing-Glas«.

Schauen: Lassen Sie den Whisky leicht(!) im Glas kreisen, halten Sie das Glas vor einen neutralen Hintergrund (z. B. ein weißes Blatt Papier) Welche Farbe hat der Whisky? Hellgold, gelb, Bernstein? Wie ist die Konsistenz?

Schnuppern: Führen Sie das Glas an der Nase vorbei und schnuppern Sie – nicht gleich die Nase zu tief ins Glas stecken, sonst sticht der Alkohol. Welche Aromen riechen Sie? Süße Früchte? Torf? Erde? Heide?

Schmecken: Schlucken Sie den Whisky nicht gleich herunter, sondern lassen Sie ihn im Mund kreisen, sodass alle Rezeptoren angesprochen werden. Was schmecken Sie? Süß? Bitter? Sherryaroma? Holzige Eiche? Rauchiges Torffeuer?

Spüren: Spüren Sie, wie der Whisky die Kehle entlang in den Bauch gleitet. Breitet sich seine Wärme aus? Wie entfaltet sich das Aroma? Genießen Sie den Nachklang in Mund, Rachen und Bauch.

DAS SPIEL

Das *Sanborns* im Casa de los Azulejos war an diesem Vormittag leidlich besetzt: ein paar Touristen bei einem späten Frühstück, junge Mütter, die Einkäufe getätigt hatten, Männer, die sich in Gesellschaft die Zeit vertrieben. René nippte an seinem Kaffee, ließ den Blick scheinbar achtlos über die Gäste gleiten. Eigentlich bevorzugte er die nobleren Cafés in Polanco, aber an diesem Tag hatte es ihn hierhin gezogen, an diesen gewöhnlichen Ort, an dem sich Einheimische einen Café de Olla gönnten und Fremde versuchten, sich mexikanisch zu fühlen.

Sie saß zwei Tische von ihm entfernt. Dunkles, glattes Haar, das weich über ihre Schultern fiel. Ein leichtes Sommerkleid gab einen verheißungsvollen Blick auf ihre dezent gebräunte Haut an Armen und Beinen frei.

Er schätzte sie ein paar Jahre jünger als er es war, vielleicht Ende zwanzig. Sie war keine typische Touristin, das hatte er schnell bemerkt. Ihre Bewegungen, ihr Blick, ihre Gesten waren nicht die einer Staunenden, Entdeckenden. Sie kam mit einer Selbstverständlichkeit, trank einen Kaffee, als täte sie es jeden Tag, hier an diesem Ort, in dieser Stadt. Sie schien keine Hiesige – dafür waren ihre Gesichtszüge zu europäisch – aber auch keine Fremde.

Er beobachtete einen Mexikaner, der mit aufrechtem Gang und lockendem Lächeln auf sie zustrebte. Sie schüttelte den Kopf, formte die Lippen zu einem entschiedenen »No«, als er nicht aufgab, und wandte den Blick mit einer stolzen Bewegung ab.

René lächelte. Auch wenn für den Macho das Spiel zu Ende war, für ihn hatte es an diesem Punkt begonnen. Sie gefiel ihm, ihre selbstbewusste Art, sich in diese fremde Kultur einzufügen, als wäre sie ein Teil davon. Und gleichzeitig herauszustechen, wie der kleine Diamant, der diskret an ihrem Finger blitzte.

Das Fieber war entfacht, befreite ihn aus einem von Nichtigkeiten geprägten Leben, das leicht zu einer Farce werden konnte, steuerte man nicht zur rechten Zeit dagegen. Er winkte dem Kellner, zahlte seinen und auch ihren Kaffee, blieb an seinem Tisch und wartete, was geschah.

Er wägte die Möglichkeiten ab: Sie konnte es als Kränkung auffassen, dass er sie so billig »kaufen« wollte. Sie konnte es als Selbstverständlichkeit einfach ignorieren. Sie konnte sich mit einem winzigen Lächeln auf dieses Spiel einlassen. Ihn durchflutete eine vorfreudige Erregung.

Sie erlosch mit leiser Enttäuschung, als sie einfach aufstand und ging.

Es war ein Spiel. Und wer spielte, der musste auch das Risiko eingehen, zu verlieren. Nur das machte es interessant. Aber viel interessanter war es, zu gewinnen. Er stand auf, strich über sein helles Hemd. Er war groß und breitschultrig, hatte ein herbes aber nicht hässliches Gesicht. Das machte sein Leben leicht – Frauen gefiel seine maskuline Ausstrahlung, Männer zollten seiner Stärke Respekt. Zielstrebig verließ er das *Sanborns*. Sonne und Verkehrslärm traten ihm auf der Straße entgegen.

Mexiko City. Eine Stadt, die einem je nach Laune mit geballter Lebensfreude oder gnadenloser Brutalität begegnete. Zu der riesige Slums genauso gehörten wie die schwimmenden Gärten von Xochimilco und der Palacio de Bellas Artes. Eine Millionenstadt, die die ganze Welt in sich beherbergte und die nur durch ein ausgeklügeltes Drainagesystem davor verschont blieb, von Wassermassen überspült zu werden, die den Unrat aus der Gosse in den Himmel schwemmten.

Er entdeckte sie unweit seines SLK Roadsters, an dessen Motorhaube der Junge lehnte, der nun aufschreckte, einen Lappen aus der Tasche zog und eilig über den dunklen Lack wischte. Er beachtete den Jungen nicht, sah zu der Frau, die ihrerseits mit einem Hauch Ironie auf den Lippen zu ihm herüberblickte. Sie trug einen hellen Hut als Schutz vor der Sonne, dessen Krempe ihre Augen verdeckte. Das Kleid schmiegte sich locker um ihre Hüften. Feine Sandaletten an den Füßen, stand sie fest auf dem Boden.

Er trat auf sie zu. In ihren hellgrünen Augen lag ein kleiner Triumph, der eine Fortsetzung des Spiels verlangte. Für den Moment wollte er ihr diesen kleinen Sieg gönnen.

»Danke für den Kaffee.« Eine schmale Goldkette mit einem edlen Stein umschloss ihren Hals.

Ihn überkam eine Erinnerung, nur für den Moment, die gleichwohl wieder verschwand. Vorfreude vermischte sich mit begierigem Verlangen.

»Sie sollten so teuren Schmuck nicht öffentlich zur Schau tragen«, tadelte er ihre Dekadenz.

Sie lachte unschuldig. »Wo soll ich ihn denn sonst tragen?«

Ihre Stimme war eine Verführung, weit weniger ahnungslos als ihr Lachen. Ein kleines, zartes Band legte sich zwischen ihn und diese Frau, zog sie zueinander. Er nahm sich zurück.

»Passen Sie auf sich auf.«

Er wandte sich zu seinem Wagen, vor dem der Junge stramm stand wie ein Soldat. Er drückte ihm ein paar Pesos in die Hand.

»Wohin fahren Sie?«, hörte er ihre Stimme hinter sich.

Er zuckte die Achseln. Teotihuacán kam ihm in den Sinn, der Platz der Götter, und er sagte es.

»Nehmen Sie mich mit?«

Sie trat neben ihn, streckte ihm ihre Hand entgegen. »Sonja van den Berg.«

Er nahm ihre Rechte, spürte den leichten Druck ihrer Finger. Sonja. Ein Name, der sanft ausgesprochen einer zärtlichen Umarmung und im wütenden Stakkato einem Boxhieb glich. Ein Name, der den Sonnenaufgang aber auch ihren Untergang bedeuten konnte. Sie gefiel ihm mehr und mehr.

»René Miller.«

Er öffnete die Tür des SLK und ließ sie einsteigen.

Dumpf drang das Dröhnen des starken Motors in den Innenraum. Er reihte sich in den Verkehr, der wie stets ein einziges Chaos war. Er hatte sich daran gewöhnt, lenkte sein Gefährt zügig und souverän zwischen Käfer-Taxis und alten Schindmähren hindurch. Ein dunkler Schatten, dessen helles Interieur durch die getönten Scheiben kaum zu erkennen war.

Er fuhr zur Autobahn, zahlte die Maut, um schneller dem Moloch zu entkommen. Erst am Ortsrand, an dem sie Smog und Gestank hinter sich ließen, öffnete er das Verdeck, spürte die warmen Strahlen der hoch stehenden Sonne und das kühlende Streicheln des Windes.

Er beschleunigte, genoss das laute Brausen.

Sie saß neben ihm, betrachtete sorglos die vorbeifliegende Landschaft. Ihre kleine Handtasche lag in ihrem Schoß. Was sich wohl darin befand? In einer Handtasche konnte sich das ganze Leben einer Frau verbergen oder eine grenzenlose Leere.

Teotihuacán erwartete sie in mittäglicher Stille. Nur wenige Touristen flanierten über das riesige Gelände, verloren sich im Schatten zwischen der Pirámide del Sol und der Ciudadela.

»Camino de los Muertos«, dozierte René, während

sie den breiten, von Pyramidenbauten umsäumten Weg entlanggingen. »Die Straße der Toten.«

Sie sah kurz zu ihm. »Ein schrecklicher Name für so eine lange Straße.«

»Der Tod gehört zum Leben. Und manchmal ist es ein weiter Weg bis dahin«, philosophierte René, wissend, dass dieser Weg auch kurz sein konnte. Kurz und voller Lust. Er bot ihr seinen Arm, damit sie auf den staubigen Pfaden nicht stolperte.

»Es war ein Irrtum«, erklärte sie. »Die Azteken hielten die Bauten am Rande für Gräber, das waren sie aber nicht.«

Sonjas Hand lag warm in seiner Ellenbogenbeuge, ohne dass sie seiner Hilfe bedurft hätte. Nicht ein einziges Mal gerieten ihre Füße ins Straucheln.

»Es waren Häuser, in denen Menschen wohnten. Bis sie verschwanden.«

»Bis sie verschwanden?«, wiederholte René mit leichtem Spott. »Sie verschwanden nicht einfach.«

»Nein, das taten sie nicht.«

Sie sagte es leise, nachdenklich, mehr zu sich als zu ihm.

Er beobachtete sie aus den Augenwinkeln. Ernst ging sie neben ihm, für den Moment jedoch weit entfernt, und er fragte sich, wem ihre Gedanken wohl galten.

Die Mondpyramide am Ende des Weges erhob sich mächtig und majestätisch vor dem Hintergrund hoher Berge unter einem blassblauen Himmel. Kein

Mensch war hier, nur er mit ihr. Ohne Eile schritten sie auf dieses Stillleben aus Sand und Stein zu.

»In der Pirámide de la Luna wurden Menschen geopfert.« Sonja blieb stehen, löste ihre Hand von seinem Arm und wandte sich ihm zu. Kleine Schweißperlen lagen auf ihrer Stirn und über der Oberlippe, gaben ihr einen verführerischen Glanz. Ein leichter Windstoß spielte mit ihren Haaren. Das Licht umrahmte die Konturen ihres Körpers und ließ die Luft flimmern. Der Duft ihres Parfums trieb René in die Nase, vermischte sich mit dem Geruch von Staub und Steinen.

Eine bizarr anmutende Anspannung erfasste ihn, kroch in seine Finger. Er wollte sie berühren, ihre Lippen, ihren Hals, den Stein an ihrer Kette … Er wollte sie. Ganz und gar. Nur für den Augenblick. Vielleicht auch für die Ewigkeit.

Doch er durfte sich nicht der Illusion hingeben, bereits am Ziel zu sein. Noch strahlte die Sonne in diffusem Licht. Er wollte jeden Moment auskosten bis zum letzten Sonnenstrahl. So beschränkte er sich auf ein Lächeln.

Sie erfrischten sich mit einem kühlen Fruchtsaft im Café des Besucherzentrums.

»Was für eine wunderbare Idee«, lobte Sonja den Ausflug. Ihre Wangen waren gerötet von der Hitze. Sie hatte die Schuhe von den schmerzenden Füßen gezogen. »Ich fühle mich so lebendig.« Sie lachte. »Wie paradox Gefühle sein können. Zwanzig Quadratkilometer Steine und Vergangenheit und ich fühle mich lebendig. So nah sind sich Leben und Tod.« Sie sah ihn an, als kümmerte es sie nicht, als hätte sie viele Leben, die sie verschwenderisch von Tag zu Tag verschenken könnte.

Sie hätten bleiben sollen an diesem Ort. Menschen verschwanden. Einfach so. Ob vor tausenden Jahren oder heute. Am Ende war nichts von Bestand.

René erhob sich und reichte ihr seine Hand.

Der Mercedes schnurrte treu über die Straße. Sie hatten das Verdeck geschlossen gehalten, um im Schatten zu sein. Sonja schloss die Augen, schien erschöpft von der Sonne und der Wanderung auf vergangenen Pfaden.

Er fuhr schnell, schneller als es erlaubt war, genoss das stetige, kräftige Brausen des Motors, labte sich an dem trügerischen Gefühl grenzenloser Freiheit. Er drückte das Gaspedal durch. Die Maschine röhrte auf. Er spürte die Vibration des Wagens, schoss an der Öde vorbei, raste mit viel zu hoher Geschwindigkeit über die desolate Straße.

Sonja erwachte aus ihrem leichten Schlaf, lachte kurz auf.

»Man wird Sie verhaften!«

»Nicht mit so einer schönen Frau an meiner Seite.« Sein Finger strich über ihre Wange zu ihrem Hals, hinterließ eine Spur der Erwartung, ließ Unbeschwertheit zum erregenden Gefühl des Ungewissen werden.

Mexiko City nahm sie wieder in ihre Arme auf, laut und ungestüm, drängte die Stille Teotihuacáns zurück in eine ferne Welt, weit hinter ihnen. Ein Schwarm wilder Insekten stürzte sich auf sie – glich aggressiven Hornissen, Blut saugenden Mücken und wild summenden Fliegen. Ein Cocktail aus billigem Parfum, Schweiß, Abgasen und Abfällen quälte ihre Nasen.

René lenkte den Wagen Richtung Centro Histórico, parkte ihn beim Hotel *Majestic*, auf dessen Dachterrasse sich ein Restaurant befand, das ihnen einen herrlichen Blick über den Zócalo bot.

In der Mitte des Platzes wehte müde die mexikanische Flagge. Kathedrale, Nationalpalast und Rathaus gaben dem bunten Treiben zu ihren Füßen eine theatralische Kulisse. Hier traf man sich zu spontanen Festen, gab Konzerte, fanden sich Liebende, stritt man sich bis aufs Blut. Geld und Herzen wechselten gewollt oder ungewollt ihren Besitzer. Ein konzentriertes Extrakt des Lebens.

Sie aßen Antojitos, Enchiladas mit Frijoles refritos, Obst zum Dessert, tranken Wein und Tequila. Die Sonne war längst verschwunden, die Nacht klopfte bereits an die Tür.

Sonja lehnte sich zurück, sah ihn aufmerksam an. »Wie wird der Abend weitergehen?«

Eine Frage, die er sich selbst bereits gestellt hatte. Er genoss ihre Gegenwart. Ihre Augen, ihr Mund schienen so vertraut, wie eine wohlig erregende Erinnerung.

»Ich könnte Sie nach Polanco entführen«, schlug René leichthin vor. »Wir könnten uns in den Clubs und Bars amüsieren ...«

Sie verzog Nase und Lippen. Sie hatte anderes erwartet, wollte kein seichtes Geplänkel, das sich am Ende der Nacht in ordinäre Alltäglichkeit wandelte.

Er hob die Hand, strich langsam mit Daumen und Zeigefinger über seine Kehle, ohne sie dabei aus den Augen zu verlieren, spürte die feste Haut unter seinen Fingern, ein süßes, gieriges Prickeln. Sie wich seinem Blick nicht aus. Elektrizität lag in der Luft, ließ sie vibrieren, leicht nur, angenehm, vorantreibend.

Sie mussten nichts sagen, jedes Wort wäre zu viel. Er genoss die aufkeimende Erwartung in ihm und in ihr.

Das Haus wartete in Dunkelheit. Er führte sie über die kühlen Fliesen auf die Terrasse, holte Gläser, Zitrone, Salz und Tequila. Sie saß im matten Licht des Mondes, die Hände ruhten auf der kleinen Tasche in ihrem Schoß, die Augen waren geschlossen. »Was ist es, was dich so reizt?«

Er war nicht überrascht, über ihre plötzliche Vertraulichkeit, doch unangenehm berührt, vielleicht sogar enttäuscht über die Banalität ihrer Worte.

»Willst du das wirklich wissen?«

»Vielleicht«, erwiderte sie leichthin. Sie öffnete die Augen und erhob sich, stand mit dem Rücken zu ihm, streckte die Arme in einer tänzerisch anmutenden Bewegung zum Himmel, und er dachte an Teotihuacán.

Wieder erfasste ihn diese bizarre Anspannung. Er musste an sich halten, um nicht vorzupreschen. Er wollte jeden Moment auskosten, sein Verlangen steigern, bis es übermächtig wurde, bis es ihn und sie gefangen nahm, sie ganz und gar verschlang.

Sie ließ die Arme wieder sinken, wandte sich ihm zu. »Tust du es wegen des Geldes? Oder ist es einfach nur eine animalische, krankhafte Lust?«

In seinem Inneren spürte er ein Zerren, ein Reißen. Ein Strömen ging durch seine Adern, ließ die Schläfen pulsieren. Er stand auf, stellte sich vor sie. Seine Hände legten sich auf ihre Wangen – nicht sanft, sondern fest, entschlossen –, hoben ihr Gesicht zu seinem. Er spürte ihren Atem auf seiner Haut, ihren Puls unter seinen Fingern. Ihre Pupillen huschten in unruhigen Bewegungen über sein Gesicht, suchten nach etwas, was sie nicht fanden. Es gab kein Zurück. Für einen Moment vergaßen sie die Geräusche der Nacht, standen still voreinander.

»Wie viele Frauen hast du getötet?«

Wie ein Peitschenhieb schlug seine Hand ihr ins Gesicht, entlud sich seine Anspannung in einem Reflex auf ihrer Haut. Ein unbedachter Impuls. Der Moment war zerstört. Sie kam aus dem Gleichgewicht, er packte ihren Arm, drückte sie auf den Sessel.

Sie saß aufrecht, die Augen auf ihn gerichtet. Bereit zum Sprung, zur Flucht, die nicht möglich war.

»Stella war meine Schwester.«

Da fiel es ihm ein. Das vertraute Band, das er gespürt hatte, als er sie traf. Es war nicht sie. Ihre Bewegungen, ihre Augen, ihre Gesten. All das war nicht sie, all das war Stella. Er erinnerte sich an die junge Frau, die ihm blind vertraut hatte, gelangweilt von Luxus und leeren Gefühlen. Getrieben von naiver Abenteuerlust. Bis zum letzten Atemzug.

»Stella«, wiederholte er und es klang fast zärtlich.

»Du leugnest nicht?«

Bedauernd sah er auf sie hinab. Doch seine Trauer galt nicht Sonjas Schwester. Zu viel anderes lag dazwischen. Es galt diesem schönen Tag, der verheißungsvollen Nacht, dieser verlockenden Frau. Alles schien vergeudet, bekam den Geschmack von Bittermandel. Er füllte Tequila in ihre Gläser.

Sie blieb ruhig, beobachtete still sein Tun. Unversehens zog er sie hoch, umfasste ihre schmale Taille. Seine Hand legte sich in ihren Nacken, griff nach ihrer Kette. Deutlich spürte er ihren heftigen Herzschlag, so dicht hielt er sie fest.

»Du nahmst ihr Geld, ihren Körper und du nahmst ihr Leben«, zischte sie voll Hass in sein Gesicht und er roch ihren lieblichen Atem. Sein Griff wurde fester. Er senkte den Kopf zu ihr herunter.

»Nur wer bereit ist zu verlieren, sollte auch spielen«, hauchte er in ihr Ohr, berührte liebkosend mit den Lippen ihre Haut, sodass sie für einen winzigen Augenblick ihre Stärke verlor.

Er zog die Kette um ihren Hals zusammen, genoss das erregende Beben ihres Kampfes, ein sinnloses Aufbegehren. Sie rang nach Luft, stöhnte atemlos, als die Kette riss.

»Leben ist kein Spiel«, fauchte sie, gleich einer Katze, die den ersten ihrer sieben Tode hinter sich hatte. René lächelte, weil er es besser wusste.

Ein Stich in den Bauch ließ ihn zusammenzucken. Ein leichtes Brennen. Mehr Schreck als Schmerz. Er wich von ihr. Etwas breitete sich in ihm aus, rasant, nahm ihm die Kraft.

Sie sah ihn an. »Schlangengift. Es lähmt die Muskulatur. Der Tod kommt vielleicht in ein paar Minuten, vielleicht in ein paar Stunden.«

In aller Ruhe verstaute sie die Spritze wieder in ihrer Handtasche.

Er stützte sich auf einen Stuhl, die Knie gaben nach.

Sie stand fest mit den Füßen auf dem Boden. Eine Spur Genugtuung lag in ihrem Blick, aber mehr noch der Triumph des Sieges.

Sie nahm ein Tuch, wischte über seine Lippen, die sie zärtlich berührt hatten. Fast wäre sie ihm erlegen, so wie all die anderen Frauen.

Sie reinigte den Sessel, verwischte all ihre Spuren, verließ das Haus.

Er blieb sich selbst überlassen. Wartete auf der Terrasse auf den ersten Sonnenstrahl des beginnenden Tages, der ihn warm umschließen und davontragen würde.

Im Auftrag meines Gatten

»Wir haben ein Problem«, erklärt mir Charlie, während er mit Sorgenfalten im Gesicht an seiner Apfelschorle nippt. Ich kenne Charlie mittlerweile fast sechs Jahre, aber so ernst habe ich ihn selten gesehen. Mit seinen dreiundfünfzig Jahren hat er schon einiges erlebt und wenn er ernsten Blickes von einem Problem spricht, dann haben wir auch ein Problem.

Eigentlich ist der Tag viel zu schön, um an Probleme zu denken, geht es mir durch den Kopf, während mein Blick über das Ammertal schweift. Blauer Himmel über uns, irgendwo am Horizont ein goldener Feuerball, der uns in den letzten Tagen des Augusts noch einmal mit wunderbar sonnigwarmem Wetter verwöhnt. An diesem späten Nachmittag sind dennoch einige Plätze des Biergartens auf Schloss Hohenentringen frei. Eine Gruppe Radsportler sitzt zwei Tische entfernt und gönnt sich ein erfrischendes Hopfenmixgetränk.

»Hilde, hörst du mir zu?«, dringt Charlies Stimme an mein Ohr.

»Ha-jâ«, flunkere ich und lächle entschuldigend. Der Mann neben mir ist so etwas wie mein Chef. Man könnte auch sagen Auftraggeber. Es war eher Zufall, dass ich damals auf ihn und seine Organisation aufmerksam wurde. Ich arbeitete als Tatortreinigerin, um mir neben Haushalt und Kindererziehung ein paar eigene Wünsche zu erfüllen. Dabei kam ich einem Mitarbeiter von Charlies Organisation auf die Schliche. Ich hatte die Wahl, ihn zu verpfeifen und weiterhin für ein mehr oder weniger angemessenes Gehalt Blutflecken vom Linoleum zu wischen oder das lukrative Angebot anzunehmen, das mir Charlie unterbreitete.

Unser erstes persönliches Treffen fand genau an diesem Ort statt. Die Lage des Lokals am Rande des Schönbuchs, hoch über dem Ammertal ist nicht nur sehr idyllisch, sondern auch praktisch. Nicht zu weit, aber weit genug von Herrenberg – meinem Heimatort – entfernt, und zu den Besuchern zählen viele Touristen, Wanderer und Radsportler, die die Natur genießen wollen und sich nicht um die anderen Gäste scheren. Meistens parke ich den Wagen unten am Saurucken und wandere hinauf zu dieser Schlossgaststätte mit Schwäbischer Traditionsküche. So kann ich mir dann auch stets guten Gewissens ein großes Stück Kuchen zum Latte Macchiato gönnen.

»Wir haben einen Auftrag, der eigentlich genau in dein Spezialgebiet passt«, wiederholt Charlie und sieht mich mit seinen blauen Augen so eindringlich an, dass meine Gedanken schon wieder abschweifen wollen.

»Und wo ist das Problem?«, frage ich, um nicht in unanständige Tagträumereien zu verfallen. Rüdiger – das ist mein Mann – wäre sicherlich nicht so begeistert gewesen, wenn er davon wüsste. Aber er weiß ja nicht einmal, dass die Tätigkeitsbeschreibung meiner Arbeit als Reinigungskraft sich zwischenzeitlich ein wenig verändert hat. Dass Charlie meine »Reinigungsdienste« manchmal zu den unmöglichsten Zeiten einfordert, nimmt mein Gemahl so gelassen hin, dass ich es auch leicht als Desinteresse an meiner Anwesenheit interpretieren könnte.

Na ja, nach neunundzwanzig Ehejahren – wir haben früh geheiratet – konnte ich wohl auch nicht mehr viel verlangen. Die Kinder sind schon lange aus dem Haus, und wir zwei haben uns irgendwie miteinander eingerichtet. Der Sex, wenn er denn stattfindet, gleicht eher einer eingespielten Turnübung mit zwei, drei Varianten – die Kür bleibt nach der Pflichtübung aus. Kein Wunder, dass Charlies blaue Augen mich jedes Mal aufs Neue in verbotene Fantasiewelten entführen.

Aber, um nicht zu weit abzuschweifen: Mein Spezialgebiet sind Haushaltsunfälle. Als jahrzehntelange geübte Hausfrau hatte ich mir beste Grundlagen angeeignet. Einige Haushaltsunfälle hatte ich sogar am eigenen Leib erprobt – allerdings selten beabsichtigt und zum Glück nicht mit dem von meinem Arbeitgeber gewünschten Erfolg. Aber wenn eine Basis vorhanden ist, kann diese ja durchaus verbessert, verfeinert und schlussendlich perfektioniert werden.

»Es geht um einen Auftrag in Herrenberg«, erklärt Charlie mit seinem schmeichelnden Bariton. Er zieht einen Zettel aus seiner Gesäßtasche und reicht mir das Papier.

In Herrenberg bewohnen Rüdiger und ich seit vierundzwanzig Jahren eine schicke Doppelhaushälfte. Gemütlich eingerichtet, nur leider noch nicht abbezahlt. Das war das einzige Argument, mit welchem ich Rüdiger damals überzeugen konnte, wieder arbeiten gehen zu wollen. Schließlich mussten wir neben diversen Bankdarlehen auch das Studium und die Auslandsaufenthalte unserer zwei Kinder finanzieren.

Pascal, der ältere der beiden, arbeitet mittlerweile in Singapur an der Börse, die zwei Jahre jüngere Nele hat es als Reiseleiterin nach Südafrika verschlagen. Ich hätte das Haus gern verkauft, aber Rüdiger will dieses Prestige nicht aufgeben, schließlich hat er als Manager in einem großen Autokonzern einen Ruf zu verlieren.

Ich falte das Blatt auseinander und studiere den Inhalt:

Zielobjekt weiblich;
Alter: 47;
Größe: 1,62 Meter;
Gewicht: circa 70 kg;
Haarfarbe: dunkelbraun;
Augenfarbe: braun;
Hobbys: kochen, backen, stricken;
Gewohnheiten: Montagabend schwimmen, jeden Dienstag Einkauf auf dem Wochenmarkt;
Beruf: Hausfrau, arbeitet stundenweise als Putzfrau (ohne Steuerkarte).

Die Beschreibung passt vermutlich auf jede dritte fleißige schwäbische Hausfrau, sinniere ich. Ich drehe den Ausdruck, suche auf der Rückseite nach weiteren Informationen. »Wo ist das zweite Blatt?«

»Das zeige ich dir später. Was denkst du?«

»Klingt nach einem einfachen Job. Warum machst du so ein Geheimnis daraus? Wer ist der Auftraggeber? Unser Oberbürgermeister?«

Charlie verzieht den Mund. »Nein.«

Ich wedle ungeduldig mit der Hand. »Jetzt mach es nicht so spannend. Um wen geht es?«

Da es Charlie offensichtlich schwerfällt, mit der Antwort herauszurücken, vertreibe ich mir die Wartezeit mit einem Schluck Latte Macchiato.

»Ja, hast du dich denn nicht erkannt?«, platzt es unerwartet aus ihm heraus.

Ich schnappe erschreckt nach Luft, sodass der Rest des Heißgetränks statt in meiner Speise- in meiner Luftröhre landet. Hustend wische ich mir die Tränen aus den Augen, während Charlie mir auf den Rücken klopft. Seine blauen Augen schauen mich traurig an. Einen Moment lang frage ich mich, ob das Bedauern dem Schrecken gilt, den er mir eingejagt hat oder ob … Ich starre auf den Latte Macchiato. Seit einer Stunde sitzen wir hier. Er hat es die ganze Zeit gewusst. Wir haben Kuchen gegessen, Kaffee getrunken. Ich war zwischendurch zur Toilette. Meine Pupillen weiten sich.

»Hast du etwa …? Du hast doch nicht …? Du … du …?«, stammle ich atemlos.

»Du lieber Himmel, Hilde! Du bist eine meiner besten und zuverlässigsten Mitarbeiterinnen.«

In meinem Hals brennt und kratzt es noch immer. Ich huste erneut. Charlie reicht mir seine Apfelschorle. Mit misstrauischem Blick trinke ich einen kleinen Schluck.

»Was du mir zutraust.« Charlie klingt ernsthaft entrüstet.

»Du bist immerhin der Boss einer ...« Ich verstumme, schaue verstohlen zu den Nachbartischen, aber niemand scheint Notiz von dem zu nehmen, was sich hier gerade abspielt. »Du weißt schon, der Boss einer ... Organisation«, bringe ich den Satz mühsam zu Ende.

»Wenn ich es hätte tun wollen, warum sollte ich es dir vorher sagen?«

»Wir haben verschiedene Auftragsvarianten«, erinnere ich ihn. Eine davon lautet unter anderem, dass dem Zielobjekt noch eine letzte Botschaft vom Auftraggeber übermittelt wird, bevor es seinen letzten Atemzug haucht.

»Und warum ausgerechnet hier? An so einem öffentlichen Ort?«

»Ein vorgetäuschter Unfall. Eine allergische Reaktion, ein epileptischer Anfall ... Es ist gerade nicht besonders viel los. Ein Arzt wird nicht zufällig in der Nähe sein und bis der Notarzt aus Tübingen hier oben eingetroffen ist ...«

Charlies Mundwinkel hebt sich zu einem schiefen Grinsen. »Gar nicht mal so schlecht.«

Unwillkürlich taste ich mit den Fingern nach meinem Puls. Leicht erhöht. Auch die Atmung ist etwas schneller und flach. Ich sehe mich bereits umringt von Personal und Gästen in meinen letzten Zuckungen auf dem Boden zwischen Tischen und Stühlen liegen. Wenn man mir den Kopf hebt, könnte ich vielleicht noch einen Blick auf die Hügel in der Ferne werfen. Hier, in diesem Restaurant, habe ich den Boss einer Killerbande kennengelernt, hier wird er mich zur Strecke bringen. Entschieden schüttele ich den Kopf.

»Hanoi, du machs' a Schbäßle?«, versuche ich, mit ein wenig Schwäbisch die Stimmung aufzulockern.

»Leider nicht.«

»Aber meine Haarfarbe ist Mahagoni und nicht dunkelbraun.«

»Deine Haare sind gefärbt. Deine Naturfarbe ist dunkelbraun mit ein paar grauen Strähnen«, weiß Charlie. Er seufzt schwer. »Was denkst du, wie viele siebenundvierzigjährige Frauen es in Herrenberg mit dem Namen Mechthild Kleiber gibt?«

Meine Schultern sacken mutlos herab. »Zwei?«

Der Ausdruck auf Charlies Gesicht sagt mir, was ich ohnehin schon weiß.

»Aber … wer hat dir den Auftrag gegeben?« Ich schüttele noch immer zweifelnd den Kopf und wispere fast tonlos: »Wer sollte mich denn umbringen wollen?«

»Dein Mann.«

»Rüdi …!« Noch bevor ich den Namen meines Gatten laut ins Ammertal geschrien habe, schnellt

Charlie vor und presst seine Lippen auf meinen Mund. Ein fester, entschlossener Kuss. Wenn dies der letzte Moment ist, bevor ich mein Leben aushauche, war es zumindest nicht der schlechteste. Ich rieche den Duft seines Aftershaves, spüre seine Finger, die sanft über meine Wange streichen, als sich seine Lippen von meinen lösen.

»Entschuldige.« Er lehnt sich wieder zurück, keinerlei Verlegenheit im Blick.

»Keine Ursache«, fasele ich zerstreut und versuche, meine Gedanken zu sortieren. »Warum?«

»Ich wollte nicht, dass wir Aufmerksamkeit erregen.«

»Das meinte ich nicht.« Ich fahre mit der Zunge über meine Lippen, um noch einen kleinen Nachgeschmack der unerwarteten Intimität zu erhaschen. Der Kuss war gut. »Warum will er mich loswerden?«

Charlie zuckt die Achseln. »Geld. Wenn ich es richtig recherchiert habe, hat er eine andere und möchte sich die Alimente sparen.«

»Er hat …« Ich schnappe schon wieder gefährlich laut nach Luft, sodass mein Boss beschwichtigend meine Hand ergreift.

»Beruhige dich, Hilde.« Seine Hand ist warm und trocken. Er drückt so fest zu, dass es mir einen Halt gibt, aber nicht weh tut, ein tröstendes Gefühl.

»Rüdiger hat ein Verhältnis?« Was für ein schnöder Grund, seine Gattin umzubringen! Geiz und eine andere Frau. Ich hätte mir etwas mehr Kreativität von meinem zukünftigen Witwer erwartet.

»Eine Frau aus Sindelfingen. Sechsundvierzig, geschieden, keine Kinder, gut verdienend, nicht hässlich.«

»Danke.« So genau wollte ich es gar nicht wissen. Ich werfe ihm einen bitteren Blick zu und entziehe ihm meine Hand. »Woher hat er überhaupt das Geld für so einen Auftrag?«

Einen Auftragsmord bezahlt man schließlich nicht mal eben aus der Portokasse.

»Die Anzahlung ...«

»Die Anzahlung? Du ... du hast den Auftrag allen Ernstes angenommen?«, zische ich wutschnaubend in sein Gesicht.

»Nur fürs Erste, bis wir genauer Bescheid wissen.«

Mir fehlen die Worte. Ich kann keinen klaren Gedanken mehr fassen. Tränen wollen mir in die Augen steigen. Wut, Enttäuschung, Verzweiflung, ein ganzes Gefühls-Potpourri bricht über mich herein.

»Die Anzahlung kam von einem Schweizer Konto«, fährt Charlie unbeirrt fort. »Vielleicht hat er sich heimlich ein bisschen Geld zur Seite gelegt. Unsere Leute ...«

»Ihr durchleuchtet also schon unser Leben?«

»Du kennst das Prozedere. Wir müssen sicher gehen, dass es dem Kunden ernst ist und dass er zahlungsfähig ist.«

Das reicht. Mein Boss nimmt den Auftrag an, mich umzubringen und verfährt in aller Seelenruhe nach gewohntem Standardmuster.

»Ich ... ich möchte jetzt gehen.«

»Nein, noch nicht.« Er fasst meinen Arm, hält mich so entschlossen zurück, dass sich meine Herzschlagrate augenblicklich verdoppelt. Welche Methode würden sie wählen? Wie viel Zeit blieb mir noch? In der Regel versprachen wir den Kunden eine Problemlösung innerhalb von vier bis sechs Wochen, je nach Komplexität des Falles. Besonders komplex war mein Fall sicherlich nicht.

»Wir müssen klären, wie wir vorgehen wollen. So, wie ich es sehe, haben wir mehrere Möglichkeiten.« Er löst seine Hand von meinem Arm, hebt die Rechte und greift mit der Linken den Daumen. »Erstens: Wir lehnen den Auftrag ab. Das birgt jedoch die Gefahr, dass er sich einen anderen Dienstleister sucht. Damit hätten wir die Situation nicht mehr unter Kontrolle.«

In meinen Ohren rauscht das Blut. Charlies Sachlichkeit verwirrt mich, gleichzeitig bin ich ihm dankbar dafür. Die ganze Situation ist so irreal, dass ich ihm kaum folgen kann. Ich leere ohne zu fragen sein Glas, wünsche mir, er hätte etwas Stärkeres bestellt, und reiße mich zusammen.

Er hebt den Zeigefinger. »Zweitens: Wir drehen den Spieß um und schicken ihn auf die Reise. Das wäre die sicherste Variante.«

Sein Blick deutet an, dass er diese Möglichkeit favorisiert. Mir gefällt der Gedanke jedoch nicht, trotz der soeben erfahrenen Fakten.

»Drittens: Wir täuschen vor, den Auftrag zu erfüllen und lassen dich verschwinden. Das wäre etwas aufwendig, aber machbar.«

Ein Vorschlag, der durchaus seinen Reiz hat. Mit siebenundvierzig noch einmal ganz von vorn anfangen. Ich müsste nicht mehr Mechthild Kleiber heißen, sondern könnte mir einen klangvollen Namen wie »Romy von Herrenberg« oder »Nastasia Kayh« geben.

Aber andererseits: Ich würde ja nicht nur meinen Mann verlieren. Die Kinder, meine Freundinnen ... mein Blick schweift in die Ferne. Das Ländle. Ich könnte sicherlich nicht in der Region bleiben. Aber würde ich mich woanders wohl fühlen? Trollinger, Spätzle, Maultaschen, das sollte ich einfach alles zurücklassen, um es in einem neuen Leben gegen Labskaus und Korn oder Tacos und Tequilla einzutauschen?

Nein, ich konnte mich für keine der drei Varianten erwärmen.

»Was ist mit Variante vier?«, frage ich. »Ihr erledigt den Auftrag.«

Charlie schaut mich eine Weile schweigend an. »Würdest du das wirklich wollen?«

»Seit wann fragen wir danach?« Ich erhebe mich mit einem abgrundtiefen Seufzer. »Ich wäre jetzt wirklich gern allein.«

Er nickt verstehend. »Hilde, wir finden eine Lösung.«

So beschwingt ich vor wenigen Stunden noch vom Wildgehege hinauf nach Hohenentringen gewandert war, so langsam schleiche ich nun in der beginnenden Abenddämmerung zurück. Dass der Weg am neuen Friedwald vorbeiführt, trägt nicht zur Aufhellung meiner Stimmung bei.

Mein Mann hatte eine Organisation beauftragt, mich umbringen zu lassen. Dummerweise – oder sollte ich sagen glücklicherweise? – eine Organisation, für die ich arbeite, wovon mein lieber Gatte jedoch nichts ahnt. Man hätte darüber lachen können. Aber mir ist nicht nach Lachen zumute. Rüdiger hat eine Affäre mit einer anderen Frau. Eine gut aussehende Frau meines Alters. Wenn es wenigstens eine Jüngere gewesen wäre. Irgend so ein dürres Küken, was auf eine Midlife-Crisis bei Rüdiger hingedeutet hätte. Aber ich bin ihm wohl schlichtweg zu langweilig, nein, ich bin ihm gleichgültig geworden. Und ich blindes Huhn habe nicht einmal etwas bemerkt!

Gedankenverloren streiche ich mit dem Finger über meinen Mund, erinnere mich an den kurzen, stürmischen Kuss, den Charlie mir aufgedrückt hatte. Es war das erste Mal seit neunundzwanzig Jahren, dass mich ein anderer Mann geküsst hat. Und ausgerechnet Charlie, mein Boss. Dabei kenne ich nicht einmal seinen richtigen Namen.

Während ich meinen Wagen mit Tempo siebzig über die B 28 lenke, gehe ich seine drei Varianten noch einmal im Geiste durch. Es muss doch noch eine andere Möglichkeit geben. Vielleicht sollte ich Rüdiger zur Rede stellen? Ihm sagen, dass ich von seiner Affäre weiß? Ich könnte um ihn kämpfen und hoffen, dass er den Auftrag wieder zurückzieht. Erneut streiche ich mir über die Lippen. Will ich das denn? Will ich tatsächlich mein Leben weiterhin mit Rüdiger verbringen? Einem Mann, der mich hintergeht und einen Auftragskiller bezahlt, um mich aus dem Weg zu räumen?

Rüdiger ist nicht zu Hause. Der Anrufbeantworter blinkt. »Hilde, es wird heute leider wieder etwas später, eine Telefonkonferenz mit den Kollegen in Boston. Warte nicht auf mich.«

Ein paar kleine Nadeln stechen mir schmerzhaft in den Bauch, aber eigentlich bin ich froh, dass er nicht zu Hause ist. Ich bin viel zu aufgewühlt. Unruhig tigere ich durch die Wohnung, ertappe mich dabei, wie ich seine Kleidung und seinen Schreibtisch nach Indizien durchsuche, die Charlies Aussage belegen könnten. Ich finde nichts. Keine Restaurantquittungen, keine Liebesbriefe, keine Fotos, nicht einmal den Duft eines fremden Parfums.

Vielleicht liegt ein Irrtum vor, überlege ich hoffnungsvoll. Vielleicht ist es ein – wenn auch etwas seltsamer – Test der Organisation? Ein geschmackloser, simpler Scherz von Charlie? Er hat manchmal einen skurrilen Humor.

Ich nehme mein Prepaid-Handy, wähle seine Nummer. Er nimmt nach dem ersten Klingeln ab.

»Okay, du hast es geschafft. Ich bin dir auf den Leim gegangen.«

Schweigen am anderen Ende.

»Charlie? An dieser Stelle solltest du jetzt lachen«, gebe ich ihm Regieanweisung.

»*Grüner Baum*, Tailfingen, T2.« Er hat aufgelegt.

T2 bedeutet, ich soll nicht als Mechthild Kleiber kommen. Charlies knappe Ansage verunsichert mich. *Grüner Baum*. Ich ahne, wen ich dort finden werde. Eigentlich will ich es gar nicht sehen, dennoch gehe ich ins Bad, schminke mich, setze die blonde Perücke auf, dazu Bügelfaltenhose, Blümchenbluse – Kleidungsstücke, die Rüdiger nicht kennt.

Ich parke das Auto etwas abseits, gehe den Rest des Weges zu Fuß. Ich muss nicht lange suchen, bis ich die beiden Turteltauben im Inneren des Lokals finde. Sie sind so sehr mit sich beschäftigt, dass sie nicht einmal aufschauen, als ich durch die Tür komme. Mein Magen verknotet sich, abrupt wende ich mich ab und verlasse das Lokal sogleich wieder. Ich habe keinen Hang zum Masochismus und muss mir dieses Bild nicht länger als nötig ins Gedächtnis brennen. Charlie hat nicht gelogen. Mein Rüdiger betrügt mich, und ich bin seinem kleinen Glück im Weg.

Wie oft war er früher mit mir im *Grünen Baum*? Ich denke an die leckeren Crepes, süß oder herzhaft, die wir geteilt haben. Ich denke an laue Sommerabende im Biergarten der Kneipe, wir beide Händchen haltend. Ich denke an Konzerte lokaler Musiker, Rüdigers Arme von hinten um meine Hüften gelegt. Und jetzt ist er mit ihr dort. Ich spüre eine unbändige Wut und den Drang, Rüdiger am nächsten Morgen Arsen in den Kaffee zu schütten.

Ich täusche Migräne vor und bleibe am nächsten Tag im Bett. Charlie ruft mehrmals an, aber ich kann nicht mit ihm sprechen. Rüdiger lässt mich zum Glück in Ruhe, besorgt mir Schmerztabletten aus der Apotheke und »arbeitet« lang.

Freitagmittags bin ich soweit, dass ich aufstehen, mich duschen und anziehen kann, ohne dass die Gefahr besteht, dass ich Rüdiger ins offene Messer laufen lasse – und das meine ich durchaus wörtlich.

Eine Weile sitze ich trübsinnig am Küchentisch, schließlich schnappe ich mir meinen Autoschlüssel und fahre nach Entringen. Am Wanderparkplatz stelle ich das Auto ab und marschiere über Umwege nach Hohenentringen. Das Wetter ist nicht besonders freundlich, graue Wolken ziehen über meinem Kopf hinweg, aber das stört mich nicht. Die Bewegung tut gut, und der vertraute Anblick der alten Mauern beruhigt mein Gemüt.

»Sie kommen doch sonst immer mittwochs?«, wundert sich die Bedienung über meinen außerplanmäßigen Besuch, als ich über den geschotterten Hof Richtung Terrasse gehe.

»Das Leben birgt so manche Überraschung«, schwafle ich und ernte einen irritierten Blick von der jungen Frau mit der Speisekarte.

Seit sechs Jahren komme ich von Frühjahr bis Herbst jeden Mittwochnachmittag hierher. Hin und wieder gesellt Charlie sich dabei zu mir, um die Details eines Auftrags zu besprechen. So wie vor zwei Tagen.

Ich bestelle hausgemachte Maultaschen und versuche, mich an der schönen Aussicht auf das Ammertal und die Hügel der Alb zu erfreuen. Es gelingt mir nur leidlich. Zum x-ten Mal gehe ich meine Lage durch, suche nach einem Ausweg aus diesem Dilemma. Den Spieß umdrehen, hatte Charlie vorgeschlagen. Aber ich will nicht für den Tod des Vaters meiner Kinder verantwortlich sein, auch wenn ich es vor mir als eine Art Notwehr rechtfertigen könnte.

Am Nachbartisch sitzen drei ältere Damen und schwäbeln über eine nicht anwesende vierte. Scheiden lassen hat sie sich, nach achtundvierzig Ehejahren. Hano, so isch's hald em Läbe!

Scheidung. Nein, mein Rüdiger will keine Scheidung, weil er zu geizig ist, die Alimente für mich zu zahlen. Unfassbar. Fast drei Jahrzehnte haben wir Tisch und Bett geteilt, und er heuert lieber einen Auftragskiller an, statt mir monatlich einen kleinen Obolus zu zahlen. Und das müsste er, da sein Managergehalt wesentlich besser ist als der Lohn für meine Putztätigkeit, der in keiner Steuererklärung zu finden ist. Aber woher hatte er überhaupt das Geld, so einen Auftrag zu zahlen? Von der Lebensversicherung würde er erst nach meinem Tod Geld bekommen, und unsere Ersparnisse reichten sicher nicht, um die Kosten zu decken.

Scheidung. Das Wort will nicht aus meinem Kopf, gewinnt mehr und mehr an Farbe. Wird realer, als der Gedanke an eine gemeinsame Zukunft. Ein roter Milan zieht hoch am Himmel seine Kreise, bevor er sich im Sturzflug auf seine Beute stürzt. Und dann habe ich eine Idee. Mir fehlt noch eine winzige Information, um daraus einen Plan zu entwerfen. Ich zücke mein Prepaid-Handy und wähle Charlies Nummer.

»Welche Auftragsvariante hat er gewählt?« Ich brauche Rüdigers Namen nicht auszusprechen.

»Unfall, mit dem Zusatz: schnell und möglichst schmerzlos.«

Wie rücksichtsvoll von meinem Gatten. Er wollte nicht, dass ich lange leiden muss. Ich zerrupfe grübelnd meine Serviette.

»Hilde?«, bringt Charlie sich in Erinnerung. »Lass die Serviette in Ruhe.«

»Was?« Verwirrt starre ich auf das Handydisplay, hebe den Kopf, als ein Schatten auf meinen Tisch fällt.

»Ich war gerade in der Gegend«, erklärt er mit Unschuldsgrinsen.

»Ich werde also beobachtet.« Observierung des Zielobjekts – Standardprozess.

»Du hast nicht auf meine Anrufe reagiert. Ich war in Sorge.« Er schiebt sich einen Stuhl zurück und setzt sich zu mir.

Mich durchläuft ein warmer Schauer, als ich in seine vertrauten Augen sehe. Dieser abgebrühte Kerl hat sich Sorgen um mich gemacht. Es schmeichelt mir.

»Warum musste die Serviette sterben?«, erkundigt er sich. Das Lächeln verschwindet aus seinem Gesicht, weicht der gewohnten Sachlichkeit.

»Ich glaube, ich habe eine vierte Variante gefunden. Aber dazu benötige ich deine Hilfe.«

Er hört sich meinen Plan an. Als ich geendet habe, nickt er nachdenklich.

»Hilde, in dir schlummern eine Menge Talente.«

Wir bestellen Kaffee und Kuchen, um unseren Plan gebührend zu feiern. Für einen Trollinger ist es noch zu früh.

Rüdiger ist bester Laune, als er spät abends von der Arbeit kommt. Ich mime die sich langsam von schwerer Migräne Erholende.

»Was hältst du davon, wenn ich dich morgen Abend zum Italiener einlade? Zum *Marco Polo,* da gehst du doch so gern hin?«, schlägt er so fröhlich vor, wie ich ihn lange nicht erlebt habe.

»Du bist ja so ausgelassen. Gibt es etwas zu feiern?«, frage ich scheinheilig.

»Ja ... ähm ...« Er kommt kurz ins Straucheln. »Nein ... ich dachte nur ... Du bist so oft abends allein, weil ich noch spät Konferenzen habe ...«

Deine Konferenzen kenne ich, mein Lieber. Ich verstecke die aufkeimende Wut hinter einem falschen Lächeln.

Rüdiger ist die geballte Aufmerksamkeit an diesem Wochenende. Samstagmorgens schlendern wir über den Markt, trinken im Eiscafe einen Espresso, abends folgt das geplante Essen im *Marco Polo.* Am Sonntag bereitet er sogar das Frühstück vor, den sonnigen Nachmittag nutzen wir für einen ausgiebigen Spaziergang hinauf zum Schlossberg und kommen dabei gehörig ins Schwitzen. So viel Zeit haben wir lange nicht mehr miteinander verbracht, und kurz frage ich mich, ob er es sich vielleicht anders überlegt und den Auftrag zurückgezogen hat. Aber ich weiß auch, dass diese kleinen Aufmerksamkeiten zu den Instruktionen gehören, die Charlie ihm gegeben hat. Er sollte mich aus dem Haus schaffen, damit die Organisation einen »Haushaltsunfall« vorbereiten kann.

Am Sonntagabend ist es mit dem Harmonie-Getue vorbei. Wir sitzen beim Abendbrot, als Rüdiger erklärt: »Ich muss morgen für drei Tage nach Boston. Ein wichtiges Projekt …«

»Och, Rüdi«, säusele ich, schmolle kurz und strahle ihn dann so unerwartet an, als hätte ich eine Idee gefunden, den Weltfrieden herzustellen. »Was hältst du davon, wenn ich mitkomme? Wir könnten …«

»Nein!«, entfährt es ihm vor Schreck, dann reißt er sich schnell zusammen. »Hilde, du würdest dich nur langweilen. Es ist anstrengend. Ich fliege Montag hin, habe Dienstag einige Sitzungen und am Mittwoch fliege ich ja schon wieder zurück.«

Damit verschafft er sich ein sicheres Alibi, hat Charlie ihm erklärt.

»Wir könnten doch etwas länger in den Staaten bleiben«, schlage ich vor. Zu einfach möchte ich es ihm nicht machen.

»Das … das geht leider nicht. Ich habe am Donnerstag hier ganz wichtige Termine, die kann ich nicht so kurzfristig verschieben.«

Er kann mir nicht mehr in die Augen schauen, bestreicht eingehend die Scheibe Brot mit Margarine. Ich entdecke kleine Schweißperlen auf seiner Stirn.

»Und die Flüge sind ja auch schon gebucht«, fällt ihm mit einem erleichterten Seufzer ein.

»Ja dann … schade …« Ich bemühe mich, enttäuscht auszusehen.

Am Dienstag klingelt am späten Nachmittag das Telefon. Ich stelle mich taub. Ebenso überhöre ich die drei Anrufe, die daraufhin im Stundentakt folgen. Um zwanzig Uhr dreiundvierzig stehen zwei Polizeibeamte vor meiner Tür. Ich empfange die beiden Staatsdiener im Morgenmantel und bemühe mich, leidend auszusehen.

»Frau Kleiber?«

»Ja, das bin ich.« Ich ziehe den Gürtel des Mantels etwas enger und schaue fragend in die Runde.

»Ihr Mann hat uns angerufen, weil er Sie telefonisch nicht erreichen konnte. Er hatte Sorge, dass Ihnen etwas passiert sein könnte.«

»A-wa?« Ich deute ein Kopfschütteln an, verziehe aber sofort schmerzhaft das Gesicht und drücke eine Hand gegen meine Schläfe. »Ich habe das Telefon gar nicht gehört.«

Der Beamte wirft seinem Kollegen einen Blick zu. »Geht es Ihnen gut?«

Bestens. »Ich habe nur ein wenig Kopfschmerzen. Ich bin heute Morgen von der Leiter gestürzt und habe mir dabei den Kopf angeschlagen.« Ich sauge zittrig die Luft ein. »Ich hätte mir das Genick brechen können.«

»Sind Sie sicher, dass es nur eine Beule ist? Wir könnten Sie zu einem Arzt bringen«, bietet mir der freundliche Polizist besorgt an.

»Hanoi, 's gôht scho. Ich habe Glück gehabt. Schauen Sie sich das mal an.« Ich trete zur Seite, mache eine einladende Geste. »Bitte, kommen Sie herein.«

Etwas unwillig folgen die Beamten meiner Aufforderung. Im Esszimmer ist alles arrangiert: Die umgestürzte Leiter, eine Gardinenstange, die nur noch auf einer Seite in der Halterung steckt, ein Eimer, Putzlappen, die zusammengekehrten Scherben einer zerschlagenen Vase. Ich habe mir wirklich Mühe gegeben.

Wie erwartet hebt einer der Polizisten die Leiter auf und schaut sich die defekte Stufe an. »Die Schrauben sind recht locker, die sollten unbedingt mal nachgezogen werden«, stellt er fest.

»Mein Mann hat gesagt, er hätte sie repariert. Aber vermutlich hat er nur mein Gemecker nicht mehr ertragen.« Ich schaue schuldbewusst in die Runde und lasse mich auf einen Stuhl fallen.

Der Beamte runzelt die Stirn. »So etwas ist gefährlich. Wissen Sie, wie viele Menschen jährlich im Haushalt verunglücken?«

Oh ja, das weiß ich sogar ziemlich genau. »Es tut mir leid, dass Sie meinetwegen extra herfahren mussten. Ich werde Rüdiger anrufen und ihm sagen, dass es mir gut geht. So ein Unsinn, dass er Sie gleich gerufen hat, er hätte es doch erst einmal bei unseren Nachbarn versuchen können. Da hätte sich doch alles gleich geklärt.« Ich erhebe mich wieder und füge gedankenverloren hinzu. »Komisch, sonst meldet er sich nie, wenn er im Ausland ist.«

Der erste Teil unseres Plans hat perfekt funktioniert. Ich rufe Charlie an, um ihm mitzuteilen, dass Rüdiger sich exakt an seine Instruktionen gehalten hat.

»Hervorragend.« Mein Boss ist zufrieden. »Dann werde ich jetzt Schritt zwei in die Wege leiten und lasse deinem Gatten von Polizeioberkommissar Lammert mitteilen, dass man leider nichts mehr für dich tun konnte. Ein bedauerlicher Unfall im Haushalt. Du musstest nicht leiden, oder?«

»Nein, sag ihm, es ging alles sehr schnell. Auch wenn man mich früher gefunden hätte, wäre jede Rettung für mich zu spät gekommen.«

Wir grinsen beide durchs Telefon.

Ich habe es mir im Schlafzimmer bequem gemacht. Die Tür steht einen Spalt breit offen, sodass ich hören kann, wenn Rüdiger nach Hause kommt.

Am frühen Abend dringen die gewohnten Geräusche an mein Ohr: Das Klimpern des Hausschlüssels, Schritte im Flur, ein Trolley wird abgestellt. Ich halte gespannt den Atem an. Wieder Schritte. Er geht erst in die Küche, dann ins Wohnzimmer, zuletzt ins Esszimmer. Dort verharrt er einen Augenblick, bevor das Telefonklingeln die Stille zerreißt.

»Ja ... genauso, wie Sie gesagt haben ... Nein, ich bin gerade erst angekommen. Ich habe noch nicht mit der Polizei gesprochen«, dringen seine Worte zu mir herauf. »Ja, das Geld habe ich überwiesen. ... Die Sache ist damit erledigt, oder?«

Die Sache. Ich verziehe ärgerlich das Gesicht. Ich bin doch keine Sache.

Das Gespräch ist beendet. Er geht die Treppe hinauf. Ich wappne mich für meinen Auftritt, aber er verschwindet erst einmal im Bad. Ich höre die Toilettenspülung, dann den Wasserhahn. Kurz darauf steht er in Hemd und Unterhose im Türrahmen, drückt auf den Lichtschalter und greift sich im nächsten Augenblick mit der Rechten ans Herz. »Hilde!«

Ich schmücke mein Gesicht mit einem erstaunten Lächeln.

»Ja, natürlich, wen hast du erwartet?«

So bleich, wie er geworden ist, befürchte ich fast, dass Variante zwei nun versehentlich doch noch zum Zug kommt.

»Aber du ...«, haucht er tonlos.

»Aber ich?«, frage ich unschuldig.

»Nichts ... nichts ...« Er schnauft ein-, zweimal, dann schreitet er durch unser Schlafzimmer, wobei er es vermeidet, mich anzusehen. Er zieht die Jalousien hoch, wendet sich wieder dem Bett zu, auf dem ich sitze und ihn quicklebendig anschaue. Er blinzelt nervös.

»Ich ... ähm ... Hilde?«, stammelt er hilflos. Ich lasse ihn noch ein wenig zappeln, schaue ihn einfach schweigend an. Ja, ich bin es, kerngesund und unverletzt – kein Geist, der auf Rache sinnt.

»Das ...« Er schüttelt ungläubig den Kopf. »Die haben doch ... das kann doch nicht ...« Er stürmt aus dem Zimmer, die Treppen hinunter.

Ich gebe ihm keine Zeit, lange nachzudenken, nehme die Papiere neben mir und folge ihm. Er steht im Esszimmer, starrt auf die manipulierte Leiter.

»Die haben mich verarscht«, wispert er ungläubig vor sich hin.

Solche Kraftausdrücke kommen selten über die Lippen meines Gatten, oder besser gesagt, baldigen Ex-Gatten. Aber ich kann ihn auch ein wenig verstehen, so viel Geld für nichts und auf ewig verloren. Er konnte die Organisation ja schlecht wegen Nichterfüllung des Auftrags verklagen.

»Ich möchte, dass du das hier unterschreibst«, dränge ich mich in seine Fassungslosigkeit.

Noch immer totenbleich dreht er sich zu mir. »Was ist das?«

»Unsere Scheidungspapiere. Das Haus werden wir verkaufen. Nach Abzug aller Kosten steht mir und den Kindern der Rest des Erlöses zu. Du wirst mir einen monatlichen Unterhalt zahlen. Und sollte mir in nächster Zeit etwas zustoßen, wird das Original dieses kleinen Online-Formulars an die nächste Polizeistation geschickt. Die beiden netten Beamten, die gestern Abend bei mir waren, haben übrigens die Leiter gesehen.«

Rüdiger starrt auf den Computerausdruck.

»Aber ... die *Killer rental* ... das ... das war doch nur ein Spaß«, versucht er hilflos sich herauszureden.

»Ja, natürlich.« Ich lächle maliziös. Was habe ich doch für einen humorvollen Mann geheiratet.

Killer rental – wir arbeiten sauber und diskret. Man sollte nicht glauben, wie viele Menschen das Auftragsformular dieser Internetseite ausfüllen.

Ich ziehe theatralisch die Augenbrauen hoch. »Oben im Schlafzimmer lief eine Kamera, die deine Reaktion genauestens dokumentiert hat.«

Charlie und ich sitzen gemütlich im Inneren des Schlossrestaurants. Rostbraten und Spätzle haben wir mit Appetit verspeist, in der Flasche Trollinger ist bereits eine Menge Luft.

»Das Geld für den Auftrag hat ihm seine Geliebte geliehen«, hat Charlie herausgefunden. »Aktiengewinne, die sie steuerfrei in der Schweiz deponiert hatte. Die Neuinvestition war jetzt nicht so rentabel. Und da dein Rüdiger nun kein Geld aus deiner Lebensversicherung kassiert, wird es eine Weile dauern, bis er ihr das Geld zurückgezahlt hat.«

»Er ist nicht mehr mein Rüdiger«, korrigiere ich ihn. Mein Blick fällt auf die Wandschrift unter den zahlreichen Wappen:

*1417 wohnten diese fünf Familien
mit zusammen 100 Kindern
freundlich und friedlich beieinander auf der Burg.*

Mir kommt ein wehmütiges Seufzen über die Lippen.

Charlie ist meinem Blick gefolgt, lächelt mich aufmunternd an. »Du bist eine attraktive, unabhängige Frau mit Geld. Die Welt liegt dir zu Füßen.«

»Von hier oben zumindest das Ammertal«, stelle ich fest.

Aber Charlie hat Recht. Er hat mir die Hälfte der Summe, die der liebe Rüdiger für meine Jenseitsreise gezahlt hat, auf einem steuerfreien Konto gesichert. Hinzu kommt in Kürze noch mein Anteil aus dem Erlös des Hausverkaufs. Ich betrachte meine ringlose Hand. Mechthild Birk, geschiedene Kleiber. Es fühlt sich gar nicht mehr so schlecht an. Attraktiv hat Charlie gesagt. Das macht mir Mut. Ich bestelle eine Flasche Sekt der Hausmarke, hebe mein Glas und fahre mir, in Erinnerung an den ersten Kuss, mit der Zunge über die Lippen. »Ich heiße Mechthild Birk.«

Er stutzt einen Augenblick, dann hält er mir sein Glas entgegen und beugt sich zu mir.

»Karl Rilke.«

Karl? Ich werde ihn weiterhin Charlie nennen.

Hinweis auf Erstveröffentlichungen

Einige der in diesem Buch versammelten Kurzkrimis wurden in anderen Krimi-Anthologien erstveröffentlicht:

Das Spiel
Aus: Mondäne Morde zwischen Monza und Monaco, Hrsg. M. Buttler/S. Reins, secolo-Verlag, Osnabrück 2012

Flaschenbier
Aus: Liebe und andere Gründe zu morden, Hrsg. Jakob Maria Soedher, edition hochfeld, Augsburg 2007

Herrgotts Bscheißerle
Aus: Herrgotts Bscheißerle, Hrsg. Silvija Hinzmann, Ariadne-Krimi, Argument Verlag, Hamburg 2011

Herr Samir
Aus: Rote Schuhe, Hrsg.Barbara Fellgiebel, Holzheimer Verlag, Hamburg 2006

Im Auftrag meines Gatten
Aus: Leblos unterm Tresen, Hrsg. Veit Müller, Oertel und Spörer-Verlag, Reutlingen 2013

Polina
Aus: Frankfurter Morde, Hrsg. Anina Stecay, Wellhöfer-Verlag, Mannheim, 2009

KRIMINALROMANE VON SYBILLE BAECKER

KOMMISSAR-BRANDER-REIHE

Irrwege

Branders 1. Fall , Emons-Verlag, Köln
ISBN 978-3-89705-610-7

Körperstrafen

Branders 2. Fall, tredition GmbH, Hamburg
ISBN 978-3-7323-6969-0

Eisblume

Branders 3. Fall, Emons-Verlag, Köln
ISBN 978-3-89705-782-1

Neckartreiben

Branders 4. Fall, Emons-Verlag, Köln
ISBN 978-3-89705-947-4

Mordsbrand

Branders 5. Fall, Silberburg-Verlag, Tübingen
ISBN 978-3-8425-1320-4

Mordsangst

Branders 6. Fall , Silberburg-Verlag, Tübingen
ISBN 978-3-8425-1458-4

Fortsetzung folgt ...

KIRSTIN-SCHWARZ-REIHE

Das Recht zu töten

Sutton-Verlag, Erfurt, ISBN 978-3-95400-224-5

Der Verräter

Sutton-Verlag, Erfurt, ISBN 978-3-95400-568-0

LESEPROBE »KÖRPERSTRAFEN«

- ein Kommissar Brander Fall -

Prolog

Das Quieken der Schweine dröhnt in ihren Ohren. Laut, unaufhörlich, steigert sich zu einem panischen Kreischen, als wollte man die ängstliche Herde zur Schlachtbank bringen. Der Gestank von Mist steigt in ihre Nase. Aufdringlich. Kriecht in sie hinein, dass sie ihn schmecken kann. Feuchtes Stroh, Pisse, Kot. Ihr wird schlecht. Sie will sich übergeben. Raus. Der Gestank soll raus aus ihr. Sie würgt. Sie kann nicht. Alles ist zugeschnürt. Ihre Kehle ist zugeschnürt.

Lautes Geschrei. Wildes Gegröle. Bösartiges, brutales Lachen. Sie will sich die Ohren zuhalten. Sie will es nicht hören. Aber sie kann nur die Augen zusammenpressen. Nichts sehen, wenigstens nichts sehen.

Schreie. Schmerzvoll, gepeinigt. Es tut weh. Alles tut weh. Sie will fort. Fort. Sie kann nicht. Eine Hand hält sie, krallt sich in ihr Fleisch.

»Bitte, hört auf«, wimmert sie. Die Hand schlägt ihr ins Gesicht, hinterlässt ein eisiges Brennen. Sie weint. Ihr ist kalt. So kalt.

Das Quieken der Schweine wird lauter. So laut, dass sie bald nichts anderes mehr hört.

Die Scham. Niemals wird sie vergehen.

Freitag

Der Tag hätte nicht schlechter beginnen können. Andreas Brander öffnete mit finsterem Blick das Garagentor. Er hatte unruhig geschlafen und war viel zu früh aufgewacht. Neben sich hatte er nur ein kaltes, leeres Bett vorgefunden. Er hatte Cecilias Kopfkissen zu sich gezogen und sich daran gekuschelt, wie ein verliebter Pennäler.

Am Abend zuvor hatte er seine Frau zum Flughafen gebracht. Drei Wochen würde er ohne sie auskommen müssen. Drei Wochen allein aufwachen, allein frühstücken, allein einschlafen. Kein Mensch zu Hause, wenn er von der Arbeit kam. Cecilia war zu einem zweiwöchigen Psychologen-Kongress nach Boston geflogen. Der Kongress startete zwar erst am Montag, aber sie wollte das Wochenende zur Akklimatisierung nutzen. In der dritten Woche würde sie eine Freundin treffen und mit ihr einige Tage durchs Land reisen.

Während Brander sich in seinen betagten Peugeot setzte, fragte er sich, ob er in den vierzehn Jahren seiner Ehe jemals so lange ohne seine Frau hatte auskommen müssen. Sicher, sie hatte immer mal wieder Fortbildungen besucht, mal eine Woche Zürich, mal zwei Tage Köln oder drei Tage London. Aber drei Wochen Boston? War das wirklich notwendig? Sie hatten lange über diese Reise diskutiert. Letztendlich hatte er aber keine Argumente gefunden, sie dazu zu bewegen, auf den Kongress zu verzichten. So oft nahm sie Rücksicht auf seinen Beruf, nahm seine vielen Überstunden und unvorhergesehenen Diensteinsätze klaglos hin. Dieses Mal war er an der Reihe, sich ihren beruflichen Plänen zu fügen. Brander seufzte abgrundtief und drehte den Zündschlüssel herum. Nichts. Ungebrochene Stille. Nicht einmal ein leises Röcheln war aus dem Motor gekrochen. Er versuchte es ein zweites Mal. Es blieb still.

»Komm schon. Lass du mich nicht auch noch im Stich«, beschwor Brander seinen Wagen. Aber auch ein dritter Versuch blieb erfolglos. Sein Peugeot hüllte sich in beharrliches Schweigen.

»So ein Mist.« Es war eher eine resignierte Feststellung, als ein Fluch, der da über seine Lippen kam. Hatte er vergessen, die Scheinwerfer auszuschalten, und die Batterie war leer? Aber das wäre ihm doch aufgefallen, als er den Wagen am Abend zuvor in die Garage gefahren hatte. Er überprüfte dennoch den Schalter. Nein, das Licht war nicht eingeschaltet gewesen. Vielleicht hatte er die Tür nicht richtig verschlossen, und die Innenbeleuchtung hatte die ganze Nacht gebrannt? Brander stieg aus, öffnete die Motorhaube, starrte ratlos auf das Innenleben seines Wagens. Er wusste, wo man Wasser und Öl nachfüllte, die Batterie erkannte er auch noch, aber dann verließen ihn seine autotechnischen Kenntnisse.

Frustriert wandte er sich ab, trat aus der Garage und raufte sich die wenigen kurzen Haare, die seine Geheimratsecken umrahmten. Das hatte ihm zu seinem Glück an diesem Morgen noch gefehlt. Sein Blick glitt über die Landschaft, die sich direkt neben der Doppelhaushälfte am Ortsrand von Entringen erstreckte. Leichter Dunst lag über den Feldern und Wiesen, die sich am Rande des Schönbuchs erhoben, hinauf bis zu dem nahen Waldgebiet. Letztes Wochenende war er dort schnaufend hinaufgejoggt. Vorbei an den Streuobstwiesen, mit Bäumen, deren Äste sich unter der schweren Last der Äpfel bogen. Dieses Jahr gab es so viele Äpfel wie schon lange nicht mehr, und viele Obstbauern hatten bereits mit der Ernte begonnen. Schließlich hatte er den Ziehweg erreicht, der nach Hohenentringen führte – eine Burganlage aus dem zwölften Jahrhundert. Heute befand sich dort ein Restaurant. Er hatte tapfer der Versuchung widerstanden, dort eine Pause einzulegen, und war fast eine Stunde durch den Schönbuch getrabt. Hinterher hatte er zwei Tage Muskelkater, sodass er kaum die Treppen zum Schlafzimmer hinaufgekommen war.

Er atmete ein paarmal tief durch und sah zum milchig blauen Himmel. Die Luft war noch kühl und frisch, und Brander ahnte, dass es wieder ein wunderschöner milder Spätsommertag werden würde. Er strich sich noch einmal über den Kopf, sah an sich herunter, auf die leichte Wölbung, die sich unter seiner Brust und über seinem Gürtel hervordrückte. Drei Wochen hatte er Zeit. Drei Wochen. Wie viele Kilos konnte er da verlieren? Vier? Fünf? Sechs? Er lächelte entschlossen. Cecilia würde staunen, wenn sie aus Boston nach Hause kam!

Er kehrte zurück in die Garage, schloss die Motorhaube seines Wagens und strich dem alten Peugeot liebevoll über die Schnauze. Karsten wollte am Abend zu ihm kommen. Sie könnten versuchen, die Batterie zu überbrücken.

Er ging an dem Wagen vorbei zu seinem Fahrrad, suchte einen Lappen, um die Spinnenweben und den Staub von Rahmen und Lenker zu entfernen, und pumpte anschließend die Reifen auf. Bereits dabei kam er ins Schwitzen. Er ging noch einmal ins Haus, tauschte Jeans und Hemd gegen eine alte Jogginghose und ein Sweatshirt. Kleidung zum Wechseln verstaute er in einem Rucksack. Dann schwang er sich voller Elan auf sein Fahrrad.

Der Wachhabende Paul Heimle grinste breit, als er Brander die Polizeidirektion betreten sah. »Grüß Gott, Andi. Bist du durch die Ammer hergeschwommen?«

»Ist warm draußen«, entgegnete Brander gut gelaunt, rieb sich mit dem Handrücken den Schweiß von der Stirn und stieg, zwei Stufen auf einmal nehmend, die Treppen zu seinem Büro in der ersten Etage hinauf. Im Flur kam ihm seine Kollegin Peppi entgegen.

»Mensch, Andi! Wo hast du gesteckt? Warum gehst du nicht ans Telefon?«, begrüßte sie ihn aufgebracht. Sie blieb stehen und musterte ihren Kollegen mit zusammengezogenen Augenbrauen. Eine Locke ihrer krausen schwarzen Haare fiel ihr ins Gesicht. »Wie siehst du denn aus?«

»Guten Morgen, Frau Pachatourides. Ich bin heute mit dem Fahrrad zur Arbeit gekommen, um etwas für meine körperliche Fitness zu tun. Ein wenig Bewegung täte dir übrigens auch mal wieder gut«, stichelte er, um von seinem verschwitzten Äußeren abzulenken. Augenblicklich straffte Peppi die Schultern und zog den Bauch ein, so gut es ihr Übergewicht zuließ. Fünf Kilo waren es mindestens, vermutete Brander.

»Und da kannst du nicht ans Telefon gehen? Seit einer halben Stunde versuche ich, dich auf dem Handy zu erreichen!«

»Was gibt es denn so Dringendes?« Brander ließ den Rucksack von seinen Schultern rutschen und nahm das Mobiltelefon aus der Seitentasche. Das Display zeigte ihm mehrere entgangene Anrufe an. Er hatte es am Vortag, als er Cecilia zum Flughafen gebracht hatte, auf Vibrationsalarm gestellt. Es störte ihn, dass es heutzutage keinen Ort gab, an dem nicht irgendjemand telefonierte. Da klingelte es hier, ertönte dort eine Melodie oder ein anderer nerviger Ton, und dann wurde lauthals in den Apparat gesprochen, als säßen die Leute allein zu Haus in ihrem Wohnzimmer.

Brander steckte das Telefon wieder weg. »Sorry. Was gibt es Wichtiges?«

»Wir haben einen Toten auf der Strecke nach Bebenhausen.«

»Ein Verkehrsunfall?«

»Der Tote liegt nicht auf der Straße.«

»Wo dann?«

171

»Komm.« Sie machte eine eilige Kopfbewegung. »Ich erzähl dir alles unterwegs.«

Brander deutete auf seine verschwitzte Kleidung. »Darf ich mich vielleicht erst einmal umziehen?«

»Später. Hendrik und Jens sind bereits vor Ort, und die Kollegen von der Kriminaltechnik sind auch schon vor zwanzig Minuten rausgefahren.«

Als Brander neben Peppi im Auto saß, machte sich sein Durst wieder bemerkbar. Er sah sich im Dienstwagen um.

»Was suchst du?«

»Was zu trinken.«

»Das ist ein Auto und keine Mini-Bar.«

»Du hast ja heute gute Laune!« Brander verzog genervt das Gesicht. Eigentlich hatte er sich nach der Radtour richtig gut gefühlt. Doch Peppis Gemecker verschlechterte seine Stimmung sogleich wieder. »Dann erzähl mir wenigstens, was los ist.«

»Viel weiß ich auch nicht. Gegen halb acht kam ein Notruf. Ein Mann hat einen Toten bei einem Grillplatz gefunden. Der Grillplatz liegt an der B27 zwischen Tübingen und Bebenhausen. Weil du noch nicht da warst, ist Hendrik mit Jens rausgefahren und hat dann auch gleich Verstärkung angefordert. Der Tote muss ziemlich übel aussehen. Hendrik wollte nicht so recht mit der Sprache raus. Schau es dir selbst an, hat er gesagt.«

»Hm.« Brander sah aus dem Fenster und dachte an Zitronen, um wenigstens etwas Flüssigkeit in seinen

Gaumen zu bekommen. Seine Kehle war völlig ausgetrocknet, und in seinem verschwitzten Sweatshirt fühlte er sich nicht wohl. Ein Toter. Vermutlich ein Penner, der sich zum Sterben am Waldrand unters Himmelszelt gelegt hatte, grübelte Brander stumm vor sich hin, oder der von seinen Saufkumpanen erschlagen worden war.

»Da ist es.« Peppi deutete nach rechts auf einen Parkplatz, auf dem bereits mehrere Polizeiwagen und der Spezialwagen der Kriminaltechniker standen. Eine Absperrung war mit rot-weißem Plastikband weiträumig angebracht worden. Peppi parkte das Auto neben einem dunkelgrünen Mercedes.

Brander erkannte den Wagen des Staatsanwalts und verdrehte die Augen. Ausgerechnet Lehmann! Dieser Tag hielt wohl noch manche böse Überraschung für ihn bereit.

»Oh nein, der Lehmann! Ich dachte, der geht in Pension«, stöhnte auch Peppi neben ihm auf.

»Ende des Jahres, soweit ich weiß«, brummte Brander und stieg aus.

Neben dem Parkplatz befand sich ein schmales Feld, ein Schotterweg führte zu einem Wald, der zum Landschaftsschutzgebiet Schönbuch gehörte, und verzweigte sich am Ende des Parkplatzes. Ein Wanderschild wies links den Weg nach Bebenhausen, dessen ehemaliges Zisterzienserkloster noch hinter einer Kurve und hohen Bäumen verborgen lag. Der andere Weg führte entlang des Kirnbachs ins Kirnbachtal. Der Grillplatz befand sich etwas oberhalb dieser Verzweigung und war von Menschen in weißen Schutzanzügen bevölkert.

Brander und Peppi folgten dem abgesteckten Pfad. Vor einer zweiten Absperrung stand Staatsanwalt Klaus Lehmann und begrüßte gerade einen Kollegen vom Erkennungsdienst. Er starrte Brander entsetzt an, als dieser ihm in seinen verschwitzten, vor zehn Jahren bereits aus der Mode gekommenen Trainingsanzug gegenübertrat.

»Wie sehen Sie denn aus? Ist das Ihre neue Dienstkleidung?«

»Die Kripo trägt keine Dienstkleidung«, entgegnete Brander missmutig. War er denn an diesem Morgen nur von schlecht gelaunten Menschen umgeben? »Ich war gerade beim Sport.«

Manfred Tropper, ein Mitarbeiter der Kriminaltechnik, kniete mit dem Rücken zu ihnen und wandte sich zu ihm, als er Branders Stimme hörte. Ein hämisches Grinsen huschte über sein Gesicht, das Lehmann jedoch nicht sehen konnte.

»Grüß Gott, Andi. Gut, dass du da bist.«

»Hey Freddy.« Brander nickte ihm grüßend zu. Wenigstens ein Lichtblick.

»Wie kann es sein, dass die Ermittler, die zu diesem Fall gerufen werden, als Letzte am Tatort eintreffen? Die Spurensicherer stecken schon mitten in der Arbeit. Selbst ich …«

»Jetzt bin ich ja da!«, bremste Brander den Staatsanwalt unwirsch. Er hatte doch gesehen, dass Lehmann auch gerade erst angekommen war. »Wenn ich mir vielleicht erst einmal einen Überblick verschaffen dürfte. Ich …« Brander verstummte. Tropper war aufgestanden und hatte mit seinen Kollegen den Blick auf das freigegeben, was sie zuvor mit ihren weißen Anzügen verdeckt hatten. »Was ist …« Brander schüttelte ungläubig den Kopf. »Verflucht.« Er wandte den Blick ab, sah über die Felder zum blauen Himmel, holte tief Luft, bevor er einen zweiten Blick wagte. Er hatte das Gefühl, dass ihm die wenigen Haare in seinem Nacken zu Berge standen. Ganz langsam, Stück für Stück, versuchte er zu erfassen, was er sah, ohne daran zu denken, dass es ein Mensch aus Fleisch und Blut war, der vor ihm lag.

Er schluckte trocken, sah zu Peppi, die blass neben ihm stand.

»Eine Hinrichtung«, flüsterte sie fassungslos.

»Ich hab doch gesagt, das kann man nicht beschreiben.« Von irgendwoher war Hendrik Marquardt plötzlich aufgetaucht. Er strich sich mit der Hand durch die dunklen Haare. Das T-Shirt trug er lässig über dem Bund seiner dunklen Jeans. »So etwas hab ich noch nie gesehen.«

Brander starrte wortlos auf das Bild, das sich vor ihm auf der Wiese bot. Der Tote lag auf dem Rücken. Ein großer kräftiger Mann. An den Füßen trug er nur noch einen Schuh, der andere lag neben dem leblosen Körper. Die graue Anzugshose und die Unterhose waren auf die Oberschenkel heruntergezogen und gaben den Blick auf sein Geschlecht frei. Sakko und Hemd waren stellenweise zerrissen. Die Kleidung hatte dunkle Flecken, ein paar kleine Zweige und Laub hatten sich in den Falten verfangen. Branders Blick wanderte weiter. Die Arme des Toten waren nach oben über den Kopf gestreckt und die Handgelenke zwischen zwei Holzbrettern eingezwängt. Die Enden einer dicken Kette waren an den Brettern befestigt. Die Kette selbst lag in einer engen Schlinge um den Hals des Opfers. Das Gesicht wirkte trotz der erschlafften Muskeln seltsam verzerrt, die Zungenspitze hing aus einem Mundwinkel. Die Augen starrten leer in den Himmel.

Manfred Tropper trat von der anderen Seite der Absperrung zu Brander. »Wir haben noch nichts verändert, haben erst einmal nur Fotos gemacht.«

Brander sah eine weitere Minute auf den Toten, bevor er seine Sprache wieder fand. »Verfluchter Mist, was ist hier passiert?« Er räusperte sich und sah zu Tropper. »Kannst du mir schon etwas sagen?«

»Wir haben eine Brieftasche gefunden. Sie lag direkt neben dem Toten, könnte ihm aus der Jackentasche gefallen sein. Wenn es seine Brieftasche ist, dann heißt der Tote Friedmar Haydak. Einundvierzig Jahre, wohnhaft in Tübingen.«

»Wie sagten Sie, heißt der Tote?«, meldete sich Lehmann, der bisher einen genaueren Blick auf den Leichnam vermieden hatte.

»Friedmar Haydak«, wiederholte Tropper.

»Friedmar Haydak?« Lehmann riss die Augen auf und schüttelte den Kopf. »Du meine Güte. Du meine Güte!« Der Staatsanwalt hörte nicht auf, den Kopf zu schütteln, warf nun doch einen scheuen Blick auf die Leiche. »Sind Sie ganz sicher?«

Tropper zuckte genervt die Achseln. »Ich bin vor fünf Minuten hier eingetroffen. Nein, ich bin mir nicht sicher! Vielleicht gehört ihm die Brieftasche ja auch gar nicht.«

»Du meine Güte. Du meine Güte! Wenn das Friedmar Haydak ist. Um Gottes willen …«

»Wer, um alles in der Welt, ist denn dieser Friedmar Haydak?«, hakte Brander ungeduldig nach.

»Sie kennen Friedmar Haydak nicht?«

Brander hob wortlos beide Handflächen zum Himmel. Er lebte zwar seit knapp dreißig Jahren im Ländle und sieben davon in Entringen, aber ein Friedmar Haydak hatte sich bei ihm noch nicht vorgestellt.

»Doktor Friedmar Haydak ist einer der erfolgreichsten Rechtsanwälte in Tübingen. Er hat eine kleine, aber sehr renommierte Kanzlei!« Lehmann wandte sich wieder Tropper zu. »Überprüfen Sie das. Und zwar so schnell wie möglich!« Er sah sich um. »Die Absperrung muss verstärkt werden. Kein Mensch, hören Sie, kein Mensch darf das hier sehen! Um Gottes willen. So würdelos, so …« Lehmann hielt sich eine Hand vor den Mund und schloss die Augen.

Brander und Tropper tauschten einen Blick. So fassungslos hatten sie den Staatsanwalt selten gesehen. Nachdenklich betrachtete Brander wieder den Leichnam zu seinen Füßen. Eine Hinrichtung, hatte Peppi im ersten Augenblick gesagt. Ja, es sah aus wie eine Hinrichtung. Aber da war noch mehr. Der Mann war nicht einfach getötet worden. In der Art und Weise, wie der Tote vor ihm lag, steckte noch eine weitere Aussage, die Brander zu erfassen versuchte. Er war zur Schau gestellt worden. Gedemütigt in seiner letzten Stunde. Ein modriger Geruch lag in der Luft. Fliegen surrten über den leblosen Körper, krochen dem Toten in Nase und Augen, setzten sich auf die nackten Genitalien. Eine Welle der Übelkeit stieg in Brander auf. Er hatte genug gesehen.

(...)

Körperstrafen
- Branders 2. Fall

tredition GmbH, 2015
(Überarbeitete Neuauflage, Originalausgabe Emons Verlag, Köln, 2009)
ISBN 978-3-7323-6969-0
TB, 340 Seiten
11,90 €

Ein toter Anwalt und mehr Lügen als Höhlen auf der Schwäbischen Alb ...

Der erfolgreiche Rechtsanwalt Friedmar Haydak wird tot aufgefunden – erfroren im spätsommerlichen Tübingen und auf demütigende Weise zur Schau gestellt. Bald wird deutlich, dass Haydak kein angenehmer Zeitgenosse war. Gnadenlos trieb er seine Prozessgegner in den Ruin. Seine Ehefrau behauptet, er habe sie misshandelt. Ein heikler Fall für die Tübinger Kripo, bei dem Kommissar Brander und seine Kollegen auf eine Mauer aus Scham, Angst und Lügen stoßen.

»Ein spannender Plot mit psychologisch interessantem Hintergrund.« Staatsanzeiger Baden-Württemberg

MIX

Papier | Fördert
gute Waldnutzung

FSC® C083411

Zeitfracht Medien GmbH
Ferdinand-Jühlke-Straße 7
99095 Erfurt, Deutschland
produktsicherheit@kolibri360.de